中华译学馆主信守与

以中华为根　译与学并重

弘扬优秀文化　促进中外交流

拓展精神疆域　驱动思想创新

丁酉年冬月　许钧撰　罗卫东书

★ 丝 路 夜 谭 ★

太阳、月亮与星星

菲律宾民间故事

郭国良◎主编

李　茜◎选译

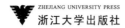

ZHEJIANG UNIVERSITY PRESS
浙江大学出版社

总　序

　　对外交流是当今各国各民族谋求合作共赢的必要途径，是维护世界和平与发展的重要保障，也是持续推动人类文明进步的不竭动力。2000多年前丝绸之路的开辟，直接推动了中外文明的交流，为人类文明互鉴做出了不可磨灭的贡献。丝绸之路连接各方的交通要道，跨越各地的江河湖海，沿途不同的民族、种族、宗教、文化得以交汇、融合，从而架起了人类合作交流的桥梁。

　　"青山一道同云雨，明月何曾是两乡。"长期以来，在丝路精神的影响下，各国人民在频繁往来中结下了深厚的情谊，文化交流成为推进友好往来的坚实基础。民间传统文化以传播和交流形式丰富多样、内容生动活泼、贴近现实生活等特点受到各国人民的欢迎和喜爱。其中，神话、传说、童话因流传范围甚广、内容通俗易懂、蕴含朴素情感、颇能打动人心而成为中外文化交流的重要内容，为文化融合和文明互鉴开拓了独特的路径。正如季羡林先生所说，"在国与国之间，洲与洲之间，最早流传的而且始终流传的几乎都是来源于民间的寓言、童话和小故事"①。重视并发挥民间故事在中外交流中的积极作用，将有效增进各国人民之间的联系和互动，为构建人类命运共同体添砖加瓦。神话、传说、童话是民间传统文化的重要组成部分，它们不仅承载了劳动人民的知识、经验、情感、智慧，更凝结了各民族文化的优秀基因，积淀了各民族共同的价值追求，为各民族文化的发展壮大提供了丰厚滋养，也为后人留下了一笔笔宝贵的精神财富。与此同时，神话、传说、童话能够从侧面反映各国在政治、经济、历史、地理、宗教信仰等方面的变迁，为学术研究提供重要的背景资料和素材。本译丛比较集中地展示了一些国家的民间故事，为增强我国读者对这些国家的了解打开了一扇窗户，也为我们借鉴、学习别国优秀传统文化提供了一个渠道。

通过阅读其他国家的神话、传说、童话，我们能够发现这些国家与中国在文化上既存在悠久的历史渊源，也存在明显的差异。它们最初以口口相传的形式在不同群体、民族、国家之间进行传播。在此过程中，能够反映人们共同情感和价值观念的核心要素得以保存下来，但是受到本民族特有文化的影响，这些民间传统文化也

---

① 季羡林. 比较文学与民间文学. 北京:北京大学出版社,1991:1.

不可避免地出现变形和置换，形成各种各样的异文。我们应该本着"求同存异"的原则，发掘中外文化中的殊途同归之处，尊重不同民族的特点，积极助推中外文化交流与互学互鉴。

中华译学馆组织编选、翻译的"丝路夜谭"译丛，收录的神话、传说、童话既注重意义内涵，也彰显艺术价值。在主题上，有的劝善戒恶，有的蕴含哲理；在内容上，有的叙述勇敢正义的冒险，有的描写纯洁美好的爱情；在风格上，有的清新质朴，有的风趣幽默；在表现形式上，有的平铺直叙，有的借物喻人；在故事情节上，有的简单精练、寓意明显，有的跌宕起伏、扣人心弦。正如荷马史诗等古希腊文学作品开创了西方文学的源流，女娲造人、精卫填海等上古神话开辟了中国文学的疆域，神话、传说、童话在很大程度上启发了世界各国的文学传统。在世界文学这个千姿百态、争奇斗艳的大花园中，神话、传说、童话恰似一朵朵奇葩，它们不应孤芳自赏，而应散发出更加迷人的光彩、吸引更多关注的目光。希望本译丛能够让更多的读者发现它们、了解它们、喜爱它们，在细细品味中领略它们的独特价值和魅力。

需要说明的是，由于神话、传说、童话中也包含了古代人对天地宇宙、自然万物、部族战争、劳动生活等方面的夸张想象或稚拙解说，我们在移译中尽可能保留其内容的原始性，以反映作品的真实性，相信睿智的读者定能甄别鉴辨。

郭国良

2020年5月于杭州

前　言

　　美国统治菲律宾后，美国的科学类刊物上会偶尔刊登一些菲律宾的民间故事。但据我所知，还从未有人试着为大众提供一本此类故事的合集。我衷心希望，本故事集能让对此感兴趣的读者有机会了解菲律宾人的神奇之处、迷信观念和奇特风俗，感受这些深色皮肤的原住民们描绘的奇幻世界的魅力。

　　我的丈夫此前在菲尔德自然史博物馆从事民族学研究。我也有幸与他一起和菲律宾原始部落的人共度了四年时光。在此期间，我们时常听闻这些故事。有些是人们在篝火旁讲述的与族人相关的故事，有些则在异教神父们与神灵的交流中反复吟唱。本书包含这些故事，外加一些曾经在《美国民俗学刊》和其他科学刊物上出现过的民间故事。

　　菲律宾各部落的文化发展程度不同，我尽力从各个部落中选取典型故事，并分成五组：廷吉安人、伊哥洛特人、棉兰老岛上的原始部落、摩洛人和基督教化的部落。

太阳、月亮与星星：菲律宾民间故事

廷吉安人和伊哥洛特人主要居住在吕宋岛西北部的崎岖山区。从远古时代起，他们就热衷于争斗，并将败者的头颅作为战利品，其故事中充斥着大量的风俗和迷信。本故事集中的大多数故事都来自廷吉安人。要充分读懂这些故事，我们必须了解廷吉安人的观念。在他们看来，这些故事记录了"初始时代"第一批居住在这片土地上的原住民的所有已知传统习俗，以及远古英雄们的能力和成就。在这些故事中，许多现有法律和习俗可以找到解释和理由。

通过对廷吉安人故事的全面研究，我们可以得出结论：这些故事中的主要人物并非天神，而是古代典型的英雄形象，他们的事迹在后人的叙述中被夸大了。"初始时代"的人都会魔法，他们可以与罐子交谈、用槟榔造人、让人起死回生，甚至还有变身的奇异能力。这一切对如今的廷吉安人来说也不足为奇。他们仍然会和罐子聊天，会用特定的仪式给敌人带来疾病灾祸，还能通过飞鸟、雷电或是被屠宰动物的肝脏状况感知征兆。人们相信，在举行宗教仪式时，神灵会借助善男信女的身体，布道教化众人，人们也得以与这些神灵自由交谈。

在这些故事中，有几个角色频繁出现。有时他们被赋予了不同的名字，但在讲故事的人心中，他们的个性和关系早已确定。因此，第一个故事中的伊尼特在第二个故事中成了卡达亚达，在第三至第六个故事中又成了阿波尼托洛，在第七个故事里又化身为利基。而阿波尼托洛和阿波妮宝琳之子卡纳格在第五个故事里则被称为杜马拉威。

人们似乎普遍认为宇宙中的天体都是有生命的，这些英雄人物和天体有着不同寻常的关系。在第四则故事中，阿波尼托洛娶了大星星和月亮之女伽娅友玛。而在第一个故事中，阿波尼托洛则名为伊尼特，化身成了太阳神。廷吉安人告诉我们他就是"太阳"，是"一个转动的圆石头"。然而，在这本书的其他故事里，或是廷吉安人广为流传的其他故事中，他却没有表现出任何天体的特质。在第一个故事中，他甚至离开了天上的居所，到地面生活。

在前八个故事中，我们了解到了许多关于"初始时代"的风俗，它们和现如今的风俗已截然不同。但通过分析这些群体流传的所有已知故事，我们相信，这些故事所描绘的时期里，人们的风俗习惯都几近相同，或是那些移民到此处的人经过几代的生活，已与廷吉安人相融合，也沿袭了这些风俗。第九到第十六个故事的类型有所不同。在这些故事里，廷吉安人对很多问题都给出了解释：例如人们如何学会种植和治愈疾病，他们在何处保存那些珍贵的罐子和珠子，以及为什么月亮表面有斑点。人们对这些故事深信不疑，相信罐子和珠子无比珍贵，故事中提及的地点也众所周知。虽然这些故事看似近代才有的，但它们和"初始时代"的基本观念和传统习俗并不抵触，也不与如今的观念相悖。

第十七到第二十三个故事是寓言，大多是说给孩子们听的。有时日头正盛，人们在庇荫处小憩或是在小路上停下来休息时也会说起这些故事，以消磨时光。大多数故事都为整个菲律宾的基督教化的部落所熟知，也与流传于菲律宾南部乃至欧洲的某些故事极为相似。在许多故事里，主体事件与其他地方的故事所差无几。但这些故事的讲述者，通过引入古老的习俗和信仰，对这些故事进一步打磨上色，最终反映出廷吉安人的共同观念。

第三组①故事来自棉兰老岛上的几个原始部落。这里的人们打制铜器和铁器，建造华丽的住宅，穿着精美的麻质衣物，衣物上装饰着珠子、贝壳和刺绣。但他们仍然延续着许多野蛮的习俗，包括奴隶制和祭献活人的仪式。

第四组的两个故事来自摩洛人（顽强的马来战士，他们的祖先早期便皈依伊斯兰教）。大约在1400年，阿拉伯商人成功传教，使许多马来岛民转为信仰伊斯兰教。

最后一组故事来自基督教化的部落。他们在西班牙的统治下接受了天主教的教化。他们的故事充满了地方色彩，却又受到了欧洲的影响。这些故事为我们提供了

---

① 原著未有对第二组故事的介绍。——译者注

一个绝好机会，可以将野蛮猎杀者的文学与摩洛人和基督教化部落的文学进行对比，并探究近代以来形形色色的影响是如何改变了这些人的信仰。就在几个世纪前，他们的文化程度还处在同一水平。值得一提的是，伊斯兰教徒和基督教徒带入菲律宾的欧洲故事都被当地人精心加工，以至于现在乍一看，这些故事就像是本土故事。

由于各群体不同的特色，这些故事形式多样。但我们发现菲律宾各部落，甚至婆罗洲、爪哇、苏门答腊和印度的民间都流传着一些相似的故事。本书的脚注中指出了其中一些相似之处。

梅布尔·库克·科尔

1916

目　录

第二章　伊哥洛特人

目 录

第一章
廷吉安人

引 言

　　暗淡的星光穿过我们上方成荫的树冠，将向导的影子再次倒映在我骑的那匹马的头部。然而，这一切转瞬即逝，我们又走入了一片漆黑的热带丛林中。

　　我们原本计划在傍晚时分抵达遥远的廷吉安人村庄，但却未提前考虑到当地脚夫会过于谨慎小心，拖慢了进度。我们只得快马加鞭，才赶在太阳的余晖落下之前通过了辽阔的阿布拉。这片土地似乎没有黄昏，黑夜迅速笼罩了我们。

　　我们爬上山坡，穿过茂密的丛林，却发现丛间小路不易摸索，连视觉敏锐的向导都败下阵来。我们迷失在黑暗中，徘徊了数小时。

　　我们继续前进，步履不停，走过小径，攀过峭壁，尖锐的岩石和丛林中的攀缘植物让旅程变得更加艰险，它们随时都可能摔倒马匹或是骑者。我们时不时走出森林，只是为了穿过山涧溪流，而这条溪流我们可能已来回经过数次了。我们的马匹疲惫不堪，步履蹒跚，越发抵触踏入那漆黑湍急的水流中。当我们的耐心几乎耗尽之时，终于看到了下面山谷中昏暗的灯光。半小时后，我们骑马进入了马拉博。

我永远都不会忘记初见的景象。那是一个奇特的景象。走出黑暗，我几乎就确信我们进入了一个全新的世界。夜幕漆黑，篝火的微弱光芒笼罩着茅草屋。棕色皮肤的男人们正围在篝火旁吸着长烟管，他们赤身裸体，只在肩上披了一块艳丽的毯子。而女人们则戴着色彩斑斓的珠子，正在纺棉纱。在闪烁的光亮中，她们将纺纱杆伸向空中，就像女巫挥舞着魔杖，这一切看起来像仙境。

万籁俱寂，只听得有人哼唱着故事，偶尔会被听众们的哄然大笑打断。这笑声也安抚了骨瘦如柴的吠犬，它安静地躺在篝火旁温暖的窝中。后来我们得知，廷吉安人会定期举行这样的聚会，在旱季的夜晚，村子里总是会有一个或数个这样的篝火堆。

在我们受到人们的欢迎礼待之后，我们发现讲故事的高手层出不穷。当男人们抽着烟，女人们纺着纱，小狗们睡着觉时，这些高手总是向我们讲述那些掌握槟榔魔法的英雄们的故事，或是神灵影响人类生活的故事。

以下是我们在偏远山村的篝火旁初次听闻的一些故事。

阿波妮宝琳和太阳

一天，阿波妮宝琳和嫂子一起去采集绿色植物。她们走到树林里，那儿有一种名叫"锡克锡克拉特"的藤蔓，其嫩叶非常可口。阿波妮宝琳在灌木丛中寻找着，突然发现了它，高兴地大喊起来。可是，无论她费多大的劲，都无法采下叶片。忽然，藤蔓缠住了她的身体，将她托了起来①。

藤条向上无限延伸，将她高高托起到天上的世界，然后放在了一棵树下。阿波妮宝琳发现自己身处高空，惊讶万分。她呆呆地坐着，四处瞭望，突然听到公鸡啼鸣，便站起身来寻找那只公鸡。离她不远处有一汪清泉，四周环绕着高大的槟榔树，树顶是纯金的。泉边的沙石全是稀世珍宝。汲水的女人用来放罐子的大垫盘也是金质的。阿波妮宝琳在欣赏泉边的美景时，发现不远

---

① 北美民间传说中也有少女被藤蔓捆住并托起的桥段，与此处极为相似。马来西亚和波利尼西亚的传说中也存在相似之处。

处有一间小屋。她害怕房屋的主人发现她，便四处寻找躲藏之处，最后爬上一棵槟榔树躲了起来。

这间房屋的主人是太阳伊尼特[1]。他白天从不在家待着，因为他的工作是照耀万物，给世界送去光亮。日暮时分，月亮会接替他的工作，在晚间照亮夜空，他便回到家中，但第二天一早又得出门工作。

这天傍晚，阿波妮宝琳在槟榔树顶看到伊尼特下班回家，第二天一早又看到他出门了。阿波妮宝琳确认他已走远，便爬下树，走进了那间屋子。饥肠辘辘的她在伊尼特家中煮了米饭，又将一根树枝丢进一锅沸水中，树枝立马变成了一条鱼[2]。美餐一顿之后，困意袭来，阿波妮宝琳便躺在床上，睡了起来。

傍晚，伊尼特下班后，在屋旁的小溪里抓到一条大鱼。他坐在溪边清理鱼时，朝家里望了一眼，惊讶地发现家里似乎着火了[3]。他赶忙跑回家中，却发现房子并未着火，这才走进家中。他看到床上似乎有一团火焰，走近一瞧才发现那是一个沉睡的美丽姑娘。

伊尼特伫立许久，不知该如何是好。最后他决定做

---

① 见前言，第六段。

② 这种情节在美洲或欧洲的民间故事中很少见，但在廷吉安人故事中却很常见。临近的菲律宾伊洛卡诺和伊哥洛特部落，以及婆罗洲、爪哇和印度也流传着类似的故事。

③ 关于"美能够放射出巨大光芒"的说法不是廷吉安人故事所特有的，在马来传说和印度传说中也有类似说法。它们可能有共同的起源。

点饭菜，并邀请这个可爱的姑娘与他共进晚餐。他生火煮饭，将鱼切碎。做饭的响声吵醒了阿波妮宝琳，她悄悄溜出屋子，回到了槟榔树顶。伊尼特并未发现她溜走。当他准备好晚餐，去喊她起床时，才发现床上空空如也，于是只好独自吃饭。那天晚上，伊尼特辗转反侧，一直在琢磨这美丽的姑娘究竟是谁。尽管如此，第二天一早，他还是和往常一样去照耀万物，因为这是他的工作。

这一天，阿波妮宝琳又偷偷溜进伊尼特家做饭。返回槟榔树之前，她还给伊尼特留了做好的米饭和鱼。傍晚，伊尼特回到家中，发现了锅里的热米饭和灶上的鱼，惊讶极了。吃过饭后，他在屋外踱步许久。"或许是那个美丽的姑娘为我做的，"他说，"如果她下次再来，我一定要想办法留住她。"

第二天，伊尼特依旧照常工作。到了下午渐晚的时候，他招呼月亮赶快来替班，因为他等不及要回家了。快到家时，他又看到房子像是着了火。他蹑手蹑脚地爬到梯子顶，到了窗口纵身一跃，进入家中，并随手关上了门。

此时正在煮饭的阿波妮宝琳被抓了个正着，她又惊又恼。伊尼特将涂着金子的槟榔①递给她，俩人一起嚼着槟榔，并把名字告诉了对方。然后，阿波妮宝琳将饭菜端过来，他们边吃边聊，互相熟悉了起来。

不久以后，阿波妮宝琳和伊尼特结婚了。每天早晨，伊尼特去工作；傍晚回家时，晚饭都已准备好。可是伊尼特却开始疑惑，这些食物究竟从何而来。他每天都带一条大鱼回家，可阿波妮宝琳总是拒绝煮这些鱼。

一天傍晚，他在看着阿波妮宝琳做饭时，发现她并没有煮自己带回家的鱼，而是将一根树枝扔进了沸水中。

"你为什么煮树枝呢?"伊尼特惊讶地问。

"这样我们才有鱼吃呀。"他的妻子回答道。

"你就算煮上一个月，这树枝也不会变软的，"伊尼特说，"煮我捕的那条鱼吧，味道一定很不错。"

然而阿波妮宝琳只是朝他笑笑。准备开饭时，她掀开锅盖，那树枝变成了一条鲜美的鱼。之后的每个傍晚，阿波妮宝琳依然煮着树枝，伊尼特发现树枝一直能为他们提供鱼，却不见它变小，他更觉得困惑不已。

于是，他又问阿波妮宝琳为何要煮树枝而不是他带

---

① 槟榔是槟榔树的果实。它被切成四瓣以供食用，每一瓣都用槟榔叶包裹并涂抹上石灰，食用的时候会将牙齿和嘴唇染红。虽然在故事中描绘的那个年代，槟榔在廷吉安人中十分常见，但是如今已被烟草取代，除非是在一些仪式上，槟榔还会出现，以供食用，或是放在献祭给神灵的动物身上。在整个故事集中，在还未告知名字或互相介绍的时候，嚼槟榔被赋予了重要的意义。另外槟榔块和槟榔渣还可预见未来，并建立关系。

回来的鱼。

阿波妮宝琳回答道："难道你不知道地面上的女人懂得魔法，能变换东西吗？"

"嗯，"伊尼特回答，"现在我知道了，你的魔法非常厉害。"

"那好，"阿波妮宝琳说，"以后再也不要问我为什么要煮树枝了。"

然后，他们便吃起了米饭和树枝变成的鱼。

不久后的一天，阿波妮宝琳对丈夫说，明天她想跟他一起去工作。

"哦，不，不行，"伊尼特说，"天上非常热①，那高温你无法忍受。"

"我们可以多带几条毯子和一些枕头，"阿波妮宝琳说，"要是太热了，我可以躲在里面。"

伊尼特一再求她不要去，可她十分坚持要陪他去。于是第二天一早，他们便带着许多毯子和枕头一起出发了。

起先，他们去了东方。伊尼特一到便投入工作，开始照耀大地。随后，他们缓缓向西移动。晨曦退去，正午临近，他们来到了天空正上方。这里酷热难忍，阿波

---

① 请对比布尔芬奇写的《寓言年代》第 50 页有关法厄同的故事（Bulfinch, Thomas. *The Age of Fable*. New York: Thomas Y. Crowell, 1913: 50）。

妮宝琳熔化成了一摊油。伊尼特将这摊油装进瓶子里，用枕头和毯子包裹着扔向了大地。

此时，阿波妮宝琳生活的村庄里有一个妇女正在泉边汲水。她忽然听到东西掉落的声音，回头一看，发现一捆精美的毯子和枕头。她打开了毯子，发现里面有一个绝美的女子。她吓得连忙跑回镇上，喊了人一起赶往泉边。大家赶到后发现这女子正是他们苦苦找寻的阿波妮宝琳。

"你去哪儿了，"阿波妮宝琳的父亲问道，"我们满世界都找不到你。"

"我从平达岩回来，"阿波妮宝琳回答，"我们的敌人将我抓走，我趁他们熟睡才逃了出来。"

阿波妮宝琳平安归来，大家都欣喜若狂，一致决定在下个月圆之夜①举办一场仪式以祭神灵②，并邀请所有为阿波妮宝琳担心的亲人一同参加。

于是，大家开始为仪式准备。在舂米时，阿波妮宝琳让母亲戳一下她发痒的小指，不料竟从指尖蹦出了一个漂亮的婴儿，大家惊讶不已。这婴儿每洗一次澡就迅速长大。没过多久，他就会走路了。大家都急切地想知

---

① 廷吉安人没有日历，只能通过月圆的规律计算时间。

② 廷吉安人到20世纪初依然保留各种祭祀神灵的仪式。有的持续几个小时，有的长达17天。在此期间，人们屠宰牲口，建造小屋，载歌载舞，信使则向神灵传信。

道孩子的父亲是谁，但阿波妮宝琳守口如瓶。因此大家决定邀请所有人参加仪式，这样就能找出阿波妮宝琳的丈夫。

于是，人们给槟榔涂上一层金油①，将它们分派到各个村庄，传达每个人都要来参加祭祀仪式的要求。随着宾客们先后抵达，大家仔细观察，试图找出阿波妮宝琳的丈夫。无奈寻找无果，大家备感困惑。他们只好找年长的阿罗克坦，她拥有和神灵对话的能力。大家请她问一问，派出去的槟榔是否遗漏了哪个村子。阿罗克坦询问了神灵之后说："你们的确邀请了大地上的所有客人，却忘了住在天上的伊尼特。现在你们得再派一个槟榔去找他，兴许他就是阿波妮宝琳的丈夫，因为在她采绿植的时候，藤蔓将她带到了天上。"

于是，人们就派了一个槟榔去找伊尼特，他正在家中。槟榔对他说："早上好，伊尼特，我来请你参加阿波妮宝琳的父母为祭祀神灵举办的仪式，你要是不去，我就会长在你的头上。"

"那你长在我的头上吧，"伊尼特回答，"我不想去。"

于是，槟榔就跳到了他的头上，迅速生长。伊尼特承受着巨大痛苦，再也支撑不住了，乞求道："哦，请长

---

① 成熟的槟榔有一层金色的壳，或许因此，在传说中，槟榔是被金子包裹的。如今，廷吉安人若想邀请亲朋好友来参加仪式，不会再派槟榔，而是会寄一小块金子。

在我家猪的头上吧。"于是，槟榔就跳到了猪的头上，继续生长。可它太重了，猪也无法承受，不停地嚎叫。最后，伊尼特只得遵从召唤，对槟榔说："离开我的猪，我跟你去。"

于是，伊尼特出现在了仪式上。阿波妮宝琳和孩子一见到他，就欣喜万分地奔向他。人们终于找到了阿波妮宝琳的丈夫，焦急地等着他走到他们身边。然而，伊尼特一靠近，大家就发现他圆滚滚的，都不是走过来的。他根本就不是一个人，而是一块大石头。阿波妮宝琳的所有亲戚都十分生气，认为她嫁给了一块石头。他们逼迫阿波妮宝琳摘下珠链，脱下华服。众人说，她得穿上旧衣裳，然后继续去和那块石头过日子。

于是，阿波妮宝琳穿上旧衣裳，带着孩子跟着大石头启程返家了。刚到天上，石头就变回了英俊的伊尼特，一家三口幸福快乐地生活在一起。

"满月的时候，"伊尼特说，"我们将举办仪式祭祀神灵，我也会向你的父母奉上聘礼①。"

阿波妮宝琳对此十分欣慰。他们施展魔法，召集左

---

① 男孩的父母在孩子很小的时候就为他们定好娃娃亲，之后会举行一个盛大的仪式，邀请双方的亲朋好友共同商定礼金。部分礼金会即刻支付，剩余部分则等到孩子们12到14岁，正式举办婚礼的时候补齐。因此，在这一习俗下，尽管已有婚姻之实，伊尼特还是要给女方聘礼。

邻右舍为他们舂米①，并建造了一个很大的神灵屋②。

接着，他们将涂上油的槟榔派出去邀请亲戚们来参加仪式。阿波妮宝琳的父亲不愿前往，但是槟榔威胁说要是不去就长在他的膝盖上。于是，他让镇上的所有人都沐浴更衣，准备周全后便出发了。

他们到了之后，惊讶地发现原本的大石头竟变成了一个人。他们嚼着槟榔，想看看这个人究竟是谁，结果发现伊尼特是他们镇上一对夫妇的儿子。大家为这对夫妇找回了失踪已久的儿子而欢呼雀跃。他们称伊尼特为阿波尼托洛。伊尼特的父母也为阿波妮宝琳备了厚礼——用珍贵的罐子装满神灵屋九次③。

随后，大家整个月载歌载舞，大肆庆祝。宾客们回家的时候，伊尼特和妻子也一起回到了地面生活。

---

① 朋友和仆人们一起舂米，并为参加仪式的宾客准备食物。
② 人们会在仪式期间建造几所小房子，神灵屋就是其中之一。
③ 或许可参见中国古代的罐子。

阿波妮宝琳

　　住在纳尔班甘的阿波妮宝琳是世界上最漂亮的女孩。许多年轻小伙都去找她哥哥阿波尼巴拉根提亲，却无一不遭到拒绝，因为她哥哥希望阿波妮宝琳能嫁给一个拥有强大能力的男人。阿波妮宝琳的美貌很快就声名远播，甚至传到了安达森，那儿有一个名叫加略文的男人，他拥有超强的能力。

　　加略文外形帅气，一直在漂亮女孩中寻找意中人，却未果，直到听闻了阿波妮宝琳的美貌，便觉得这就是他要找的人。他决心娶她为妻，并请求自己的母亲迪娜瓦根帮助他。迪娜瓦根摘下了帽子，帽子就像一束光，瞬间将她送到了纳尔班甘。她一到，阿波妮宝琳的母亲伊邦就接待了她并为她准备食物①。

　　伊邦将锅放在火上，待水开后，她将一根折断的树

---

　　① 在跟客人谈论事情之前先为他们准备食物，这个习俗现今仍有一定程度的保留。在古代，这非常重要，即便到20世纪初，对于住在廷吉安人北面的阿帕耀人来说也是如此：拒绝食物就是拒绝友谊。

枝扔进锅里，树枝立刻变成了鱼。然后，她从一个大罐子里取出巴丝①，迪娜瓦根默默数了一下罐子边缘的凹槽，发现这个罐子已经传了九代了。他们一起用餐之后，迪娜瓦根将她儿子的愿望告诉了阿波尼巴拉根，问他是否愿意将妹妹嫁给加略文。阿波尼巴拉根对加略文的能力早已有所耳闻，便立即同意了这门亲事。于是，迪娜瓦根留下一个金杯作为定亲礼物②，就启程回家了。

加略文一直注视着大门，期待母亲归来。迪娜瓦根回家后，便将好消息告诉了儿子。加略文欣喜若狂，邀请镇上的所有人第二天和他一起去纳尔班甘，商定要给新娘的聘礼。

阿波妮宝琳非常美丽，纳尔班甘的族人觉得她理应得到一份丰厚的聘礼。为此，两个镇上的人们争论了许久，才最终达成一致。他们决定，加略文需要用珍贵之物装满神灵屋十八次。加略文做到了，大家十分满意，都跑到庭院里，敲锣打鼓③，跳舞欢庆。所有的曼妙女子都展现出了自己最美的舞姿。脖子上戴着大罐子的女孩跳舞时比其他人发出更大的响声，罐子唱着"可图，可

---

① 一种用甘蔗酿成的酒。

② 通常第一次见面时，男方父母需要准备礼物，现在通常是一小颗珠宝，如果女方收下礼物，则表示他们愿意考虑这门婚事。

③ 跳舞的音乐是通过敲击鼓和锣演奏的。一男一女走进人群，伸展的双臂上挂着一块大方布，四肢配合音乐有节奏地摆动共舞。女人跟随男人的步伐，最后将手臂上的方布放在男人的手臂上，舞蹈就结束了。另一对舞伴之后会接上。

图，可尼图；英卡，英卡，英卡图"。

而当加略文的新娘阿波妮宝琳走出屋来跳舞时，阳光都瞬间暗淡了，她实在是太美了。随着她的起舞，河水倒流进了镇里，连条纹鱼都亲吻她的脚跟。

庆祝狂欢持续了整整三个月，之后的某一天清晨，他们将阿波妮宝琳送到了安达森的新家。一路上的草木都熠熠生辉，闪闪发光。阿波妮宝琳过河时，溪水都变得清澈耀眼。当他们到达加略文的泉边，发现那里也比以往更加美丽。所有沙粒都变成了珠子，妇女们汲水时放罐子的地方变成了一个大圆盘。

阿波妮宝琳一直都遮着脸，未曾得见丈夫的模样。尽管他十分英俊，但有个漂亮的女孩因为嫉妒而告诉她新郎有三个鼻子，因此阿波妮宝琳不敢看他。

待族人们都回去之后，她变得闷闷不乐。当婆婆让她去煮饭的时候，她还是不想摘下自己的面罩，于是不得不摸着做。最终，她郁郁寡欢，决定离家出走。

一天晚上，等大家都入睡之后，她施展魔法，将自己变成了油①，然后从竹地板偷偷溜走，其他人毫无觉察。

她一直走啊走，走到了丛林深处，遇上了一只野公

————————

① 在廷吉安人的神话传说中，主人公经常变身成油、蜈蚣、鸟或其他形式。达雅克人和马来人的神话中的英雄人物，也有此类技能。

鸡，公鸡问她要去哪儿。

"我在逃离我的丈夫，"阿波妮宝琳回答道，"他有三个鼻子，我不想和他一起生活。"

"哦，"公鸡说，"是哪个疯子告诉你的，别信他们，加略文十分英俊潇洒。他来捉鸡①的时候，我经常能见到他。"

但阿波妮宝琳并未理会公鸡说的话，继续往前走，又碰到了一只猴子正在大树上休息。猴子也问她要去哪里。

"我在逃离我的丈夫，"她依旧回答道，"他有三个鼻子，我不想和他一起生活。"

"哦，别信，"猴子说，"告诉你这话的人一定是想嫁给你丈夫，因为他十分帅气。"

阿波妮宝琳还是不加理睬，继续往前走，一直走到了海边，无法再向前走，只好停下来休息片刻。正当她坐着琢磨接下去该怎么办时，一头水牛②走了过来。阿波妮宝琳想骑一会儿，就爬上了水牛的背。她刚骑上不久，水牛就冲进海里，带着她一起游到了大海的另一边。

他们来到一棵巨大的橘子树前，水牛让她吃一些甘

---

① 廷吉安人会在森林的空地上放一只温顺的公鸡，并在它的周围放一圈打上活结的绳索。公鸡的啼叫声会吸引野鸡前来挑衅，这样野鸡就会落入圈套被捉。

② 在20世纪初，所有菲律宾人都用水牛来装载货物。

甜的橘子，它自己则吃起了附近的草。随后，水牛径直跑向了自己的主人卡达亚达，并告诉他关于这位美丽姑娘的事。

卡达亚达听完十分感兴趣，迅速抹好发油，穿上条纹外套①，系上腰带，与水牛一同前往橘子树。阿波妮宝琳从树上往下看，惊讶地发现有人和她的水牛朋友一起走了过来。当他们走近之后，她便和卡达亚达聊起了天，很快就变得熟悉起来。不久后，卡达亚达向阿波妮宝琳求婚并将她带回了家。从那时起，由于阿波妮宝琳的美貌过于耀眼，卡达亚达家的房屋每晚看起来都像着了火似的。

他们成婚一段时间后，卡达亚达和阿波妮宝琳决定举办一场祭祀神灵的仪式，所以他们把魔法槟榔召集起来，将它们涂上油，对它们说："到镇上去邀请我们所有的亲戚，来参加我们的仪式。如果他们不来，你们就长在他们的膝盖上，直到他们愿意前来。"

于是槟榔们就向四面八方散去。其中一个在纳尔班甘找到了阿波尼巴拉根，对他说："卡达亚达要举行神灵祭祀仪式，我来召唤你前去参加。"

"我们不能去，"阿波尼巴拉根说，"我们在找丢失的

---

① 廷吉安男子的日常装束是一块布上扎着条纹腰带，上面会系着烟和其他小物什。有些人还有条纹棉外套，会在特殊场合下穿。

妹妹。"

"你必须去，"槟榔回答说，"否则我就会长在你的膝盖上。"

"长在我的猪身上吧，"阿波尼巴拉根回答道。于是，槟榔就爬上了猪的背，长成了一棵参天大树。它太重了，猪承受不住，一直在嚎叫。

阿波尼巴拉根知道自己不得不去了，于是对槟榔说："从我的猪身上下来，我去就是了。"

于是槟榔就从猪的背上下来。随后，大家动身前去参加仪式。当他们到达河边时，加略文正在河边等着过河，因为槟榔也迫使他去参加。卡达亚达看见他们，就派了更多的槟榔去河边，将大家运过河。

他们一到镇上，舞会就开始了。加略文和阿波妮宝琳共舞时，将她抓住，缚在了自己的腰间①。卡达亚达见状十分生气，拔出自己的长矛将加略文刺死。阿波妮宝琳逃进了屋子，卡达亚达又将加略文复活，并问他为什么要抓住阿波妮宝琳。加略文解释说，她就是自己失踪的妻子，人们大吃一惊，因为之前一直没有认出她来。

于是大家聚在一起商量该如何让两个男人讲和。大家最终的决定是，卡达亚达既要给阿波妮宝琳聘礼，数

---

① 这种奇特的做法经常出现在廷吉安人的传说中，同样在爪哇文献中也有所涉及。参见比赛默的《印尼民间诗歌集》，第47页（海牙，1904年）(Bezmer, T. J. *Volksdichtung aue Indonesien*. Haag: M. NIJHOFF, 1904: 47.）。

目须与大家第一次为这位美丽姑娘索要的礼金相同，同时还要支付给加略文相同数额的礼金。

　　这样做了之后，各家都十分欢喜。卡达亚达的守护神给了他们一个金屋子居住。

安达森的加略文

阿波妮宝琳头痛难耐，一个人躺在家中的垫子上。突然，她想起了一种曾听闻却从未尝过的水果，她对自己说："哦，我多么想吃安达森的加略文种的橘子啊。"

阿波妮宝琳没有意识到自己说话的声音有多大，但躺在神灵屋的她的丈夫阿波尼托洛听到了她的声音，问她说什么。阿波妮宝琳担心告诉丈夫真相后，他就会冒着生命危险去为她摘橘子，于是她说："我想吃碧芜（一种水果）。"

阿波尼托洛立刻站起身来，拿了一只麻布袋，出去为妻子摘果子。他满载而归，阿波妮宝琳对他说："把它放在火上面的竹子架上，等我头痛好些了就吃。"

于是阿波尼托洛就照做了，之后便回到了神灵屋。阿波妮宝琳试着吃了一口碧芜，觉得很恶心，便把果子扔了。

"怎么了？"阿波尼托洛听到她扔果子的声音，问道。

"我只是掉了一个。"她回答着，然后回到了垫子上。

过了一会儿，阿波妮宝琳又说道："哦，我多么想吃安达森的加略文种的橘子啊。"阿波尼托洛在神灵屋里听到她的声音，又问道："你说什么?"

"我说我想吃鱼卵。"妻子回答道，她还是不想让丈夫知道真相。

于是阿波尼托洛带着渔网去了河边，决心尽可能地满足妻子的愿望。他成功钓到了一条大鱼，用刀划开了鱼的肚子，取出鱼卵。然后，他在刚刚划开的切口上吐了一口唾沫，伤口立即愈合了，鱼就游走了①。

他觉得自己达成了妻子的愿望，十分开心，带着鱼卵飞奔到了家。他的妻子将鱼卵放在火上烤着，他便又回了神灵屋。可是阿波妮宝琳尝了一口鱼卵，觉得不好吃，就扔给了屋外的狗吃。

"怎么了?"阿波尼托洛问道，"为什么狗在叫?"

"我掉了一些鱼卵。"妻子回答道，又回到了垫子上。

不一会儿，她又说："我好想吃安达森的加略文种的橘子啊。"

但当她的丈夫再次询问她时，她回答道："我想吃鹿肝。"

于是阿波尼托洛带着狗上山去打猎，抓住了一头

---

① 神话故事里男主人公的超凡能力就类似于《圣经》和远古传说中那些不可思议的事情。

鹿，将它的肝脏割了下来。然后又在鹿的伤口上吐了一口唾沫，伤口愈合了，鹿就跑了。

但阿波妮宝琳觉得鹿肝比碧芜和鱼卵还难以下咽。阿波尼托洛听到狗又叫了起来，他知道妻子又将鹿肝丢掉了。他十分疑惑，于是就变身成一只蜈蚣，藏在地板的裂缝里。当他的妻子又说想要吃橘子时，他总算听到了。

"你为什么不告诉我实话呢，阿波妮宝琳?"他问。

"因为，"妻子回答说，"没有人去了安达森还能活着回来，我不想让你去冒险。"

然而阿波尼托洛执意要去。他让妻子取来稻草，将它们烧成灰烬，并用灰烬水洗了头①。然后阿波妮宝琳用椰子油抹在他的头发上，并拿出一块深色的碎布、一条精美的腰带和一块头巾，还烤了蛋糕让他带着路上吃。阿波尼托洛砍下一根藤条②种在炉子边③，告诉妻子，如果叶子枯萎了，就代表他已经死了。然后，他带着长矛

---

① 在20世纪初，廷吉安人依然没有肥皂，他们用稻草灰代替，或者将某种树的树皮泡在水里，用来洗头发。

② 预言藤条。在古埃及和古印度，人们都认为可以通过某种特定的树或藤条的生长状况获知远行或失踪的亲人的生死。如果藤条蓬勃生长，则表明一切安好;如果藤条枯萎，就表示外出的人已死，他们就会为此痛哭。有趣的是，菲律宾北部也有这样类似的信仰。

③ 廷吉安人的炉子中有三块石头杵在炉灰膛中，水壶就放在这些石头上。

和斧头①出发了。

阿波尼托洛来到一个女巨人家的井边，所有的槟榔树都鞠了一躬。突然，女巨人大吼一声，整个世界都震颤了起来。"好奇怪，"阿波尼托洛心想，"那个女人一吼，全世界都在震颤。"但他没有就此止步，而是继续向前走去。

之后他又遇到了一个名叫阿罗克坦的老妇。老妇派她的狗出来咬住了他的腿。

"别再往前走了，"老妇人说，"前方有霉运在等着你呢。要是你继续走，你就再也回不了家了。"

但是阿波尼托洛没有理会老妇说的话。他继续向前走，来到了闪电的家。

"你上哪儿去?"闪电问道。

"我要去安达森的加略文那里摘橘子。"阿波尼托洛回答道。

"走，站到那个高高的岩石上，我来看看你的运势。"闪电对他说。

于是，他就站在岩石上，但是当闪电划过时，他迅速躲开了。

---

① 古时候的延吉安人通常会在腰带上系一把斧头，劳作的时候这就是他们手里的工具。在打猎或是战争期间，他们还会带上一个木质盾牌和一柄有尖头的矛，矛长达二到三米。当碰上远距离攻击时，他们会用长矛；而当近距离搏杀时，就会用到斧头和盾牌。

"别去了，"闪电说，"你的运势很糟糕。要是你继续走，你就再也回不了家了。"

阿波尼托洛依旧不听劝告。

接着，他到了斯力特（巨雷）①那儿，斯力特问他："你要去哪儿，阿波尼托洛?"

"我要去安达森的加略文那里摘橘子。"阿波尼托洛同样回答道。

然后斯力特对他说："站到那个高高的石头上，让我看看你有没有好的兆头。"

阿波尼托洛站上了石头，一声炸响后，他就跳了下来。于是斯力特也劝诫他不要去。

可是，阿波尼托洛不顾所有的警告，执意继续前行。走到海边的时候，他施展魔法，踩着他的斧头，漂到了大海的另一边。徒步行走了一会儿，他来到了一个泉边，女人们在泉边汲水，他问这是什么泉水。

"这是安达森加略文的泉水，"女人回答道，"你是谁，竟然敢到这儿来?"

阿波尼托洛没有回答，继续朝镇上走去。但他发现镇子外面的围墙非常高，根本进不去。

正当他垂头丧气，思考该怎么做的时候，迎面走来

---

① 从这类故事中，我们可以明确知道廷吉安人会与雷电交谈。他们仍然相信这些自然力量能给人们传达预兆。人们认为雷电是众神灵之首卡达克兰的一条狗，卡达克兰通过狗叫来传达意愿。

了蜘蛛王，问他为何如此忧伤。

"我很难过，"阿波尼托洛回答道，"因为我翻不过这道围墙。"

于是，蜘蛛王爬上围墙顶，吐了一根丝丢下来①，阿波尼托洛就顺着这根丝线爬进了城。

此时，加略文在神灵屋睡着了，醒来之后看到了阿波尼托洛坐在他身旁，十分惊讶，连忙跑向屋子准备拿长矛和斧头，但阿波尼托洛叫住了他，对他说："早上好，加略文。不要生气，我来只是想买些你的橘子给我妻子。"

于是，加略文就带阿波尼托洛回到家中，并拿出了一整头水牛，对阿波尼托洛说："如果你不能吃下这整头水牛，你就拿不到橘子。"

阿波尼托洛知道自己无法吃下整头水牛，因此十分难过。就在这时，蚁王和蝇王都来到他跟前，问他遇到了什么麻烦。解释过后，蚁王和蝇王召集了所有的蚂蚁和苍蝇，一起帮阿波尼托洛吃完了这头水牛。阿波尼托洛如释重负，然后找到加略文，说："我吃完了你给我的食物。"

加略文颇为吃惊，但还是带着阿波尼托洛来到橘

---

① 许多地区都流传着动物帮助人类的传说，其中最为欧洲人所熟知的就是蚂蚁为灰姑娘分拣谷物的故事。

园，让他爬上树去摘橘子，摘多少都可以。

正当阿波尼托洛向上爬时，发现树枝其实是锋利的刀片，因此他爬得十分小心。然而，在摘了两个橘子之后，他不小心一脚踩在了刀片上，被割伤了。他迅速将橘子系在自己的长矛上，让长矛直接飞回自己的家中。

阿波妮宝琳正从竹梯上下来准备出门，忽然听到有东西落在地板上。她回去一看，发现是从安达森来的橘子。她狼吞虎咽地吃了起来，十分开心丈夫能到达橘子的生长地。然后，她想起来去查看藤条的状况，发现叶子已经枯萎，她才知道丈夫已经死了。

不久后，阿波妮宝琳生了一个儿子，并取名为卡纳格。卡纳格迅速长大，很快就长成了一个强壮的小伙子，是同伴中最英勇的一个。一天，卡纳格正在院子里转陀螺，他不小心撞倒了一位老奶奶的垃圾罐。老奶奶生气极了，大喊道："你要是个勇敢的男孩，你就应该去找你的父亲，他被加略文杀了！"

卡纳格哭着跑回了家，问母亲老奶奶的话是什么意思，因为他从未听说过关于父亲去世的事。在得知真相以后，男孩决定去寻找父亲。无论母亲如何劝阻，他都不愿退却。

卡纳格带上长矛和斧头走出城门。他敲击盾牌的声音听起来就像一千个士兵同时敲击那般洪亮。

"多么勇敢的男孩！"人们惊讶地赞叹道，"他甚至比

他的父亲更勇敢。"

当他来到女巨人的泉边，他再次击响盾牌并高声大喊，整个世界都为之颤抖起来。女巨人说："我相信战斗就要发生了，而你会胜利的。"

接着，卡纳格又到了老妇人阿罗克坦那里。她让狗跟着他，可是他用斧头一砍，就砍下了狗头。阿罗克坦问他要去哪里，他说明了去向，她说："你的父亲已经死了，但我相信，你会找到他的，因为你有一个好兆头。"

卡纳格继续赶路，来到了闪电的家，闪电问："小男孩，你要去哪儿？"

"我要去安达森找我的父亲。"卡纳格回答。

"站到那个高高的石头上，让我看看你的运势。"闪电说道。

卡纳格照做了，闪电划过时，他纹丝不动。闪电让他抓紧时间赶路，因为他有一个好兆头。

斯力特看到卡纳格经过，也问他要去哪里，并让他站在高高的岩石上。当巨雷打响时，卡纳格没有挪动。于是，斯力特让他赶快去，因为他有一个好兆头。

女人们正在加略文的泉边汲水，突然听到巨大的声响，吓了一跳。她们站起身来，以为有上千名士兵奔袭而来。但她们环顾四周，只看到一个小男孩在敲击盾牌。

"早上好，汲水的女士们，"卡纳格和她们打了招呼，"快去告诉加略文，让他准备好，我要向他发起挑战。"

于是，这些女人跑回镇上，告诉加略文，泉边有一个陌生的男孩要来挑战他。

"你们去告诉他，"加略文说，"如果他真的很勇敢的话，就凭自己的本事进到镇子里来。"

卡纳格来到了镇子外的高墙边，他像一只鸟儿一样飞了起来，轻松越过围墙，径直朝加略文的神灵屋走去。他发现，神灵屋和两侧的房屋屋顶都是用头发盖成的，镇子四周悬挂着很多头颅①，他想："这就是我父亲回不去的原因。加略文确实是个勇敢的人，但我要杀了他。"

加略文看到他在院子里，就对他说："你小子胆子很大！为什么到这儿来？"

"我来找我的父亲，"卡纳格回答，"他来这儿给我的母亲摘橘子时，你杀了他。如果你不把他还给我，我就杀了你。"

加略文听完，大笑起来，说："哈，我一根手指就能对付你。你永远都回不了家了，只能像你父亲一样被困在这儿。"

"我们走着瞧，"卡纳格说，"带上你的武器，我们就

---

① 把俘虏的头颅悬挂在城墙大门或城墙四周是一个古老的习俗。周围的一些部落也依然奉行这一习俗。到20世纪初，这一习俗演变成了将头颅在城门口悬挂三天，然后举办一场盛大的仪式，将头颅敲碎，分给宾客们。

在你的院子里一决高下吧!"

听完这番大胆自信的挑战宣言,加略文勃然大怒。他拿上他的长矛和大如半边天的斧头出来应战。卡纳格为了证明自己的勇敢,没有先发制人。加略文瞄准男孩,然后将斧头劈了过去。卡纳格施展魔法变成了一只蚂蚁,因此没有被斧头劈中。加略文看看四周,没有发现卡纳格,以为已经成功将他杀死,于是放声大笑起来。然而,不一会儿,卡纳格又出现了,并站在斧头上。加略文怒不可遏,拿出他的长矛掷了过去。卡纳格又再次消失了,加略文倍感疑惑。

接下来轮到卡纳格出手了。他用长矛直接刺穿了加略文的身体,并迅速跑过去砍下他的五个头①,留着第六个头,因为他要让加略文说出父亲的下落。

他们一起在镇上走着,在找到父亲的身体后,卡纳格用魔法使父亲死而复生了。

"你是谁?"阿波尼托洛问道,"我睡了多久了?"

"我是你的儿子,"卡纳格说,"你不是睡着了,是死了,就是被这个叫加略文的人杀死的。用我的武器把他最后这个脑袋砍下来吧。"

阿波尼托洛接过斧头,砍向加略文,但加略文却毫

①廷吉安人相信巨人都是多头的。在一个庆典仪式上,我们读到过这样的文字:"一个人打开门,想看看狗为何在叫。结果他看到了一个高大壮硕的巨人,长着九个脑袋。"

发无伤。

"怎么回事，父亲？"卡纳格问道，并拿过斧头砍下了加略文的第六个头颅。

然后，卡纳格和父亲施展魔法，让加略文的贵重物品都飞去了他们家。

阿波妮宝琳看到这些飞到家里的东西，就跑去看炉子边的藤条，发现它又变绿了，十分茂盛苍翠。于是她便知道她的儿子还活着，她十分开心。父亲和儿子一起回到家中，所有的亲戚都聚在一起欢庆，所有人都很开心，整个世界都微笑起来。

住在天上的伽娅友玛的故事

一天，阿波尼托洛坐在楼下编篮子时，觉得非常饿，想吃甜的食物。突然他想起自己的土地还是一片荒地，便对楼上的妻子说："来吧，阿波妮宝琳，我们一起去地里种些甘蔗吧。"

于是阿波妮宝琳带着一根竹筒①走出房间。她去泉边汲水时，阿波尼托洛砍下一些嫩枝，然后他们一起去地里，那儿距离房子还有一段距离。

阿波尼托洛用长棍②松了松土，种下他带来的枝条。他的妻子则用竹筒里的水来浇灌。整块田的工作都完成后，他们就回家了。一想到即将收获的满地甘蔗，他们就十分高兴。

七天后，阿波尼托洛又去地里，看甘蔗活了没有。

———————————

① 一整根很粗的竹竿，砍掉末端，就可以用来盛水。

② 一整根很长的竹竿，一端削尖，插到地上，在土里戳出一个洞，然后将谷物种子或者枝条种在洞里。这一古老的方法直到20世纪初仍然在一些山区流行。但在一些低洼地区，人们则用原始的犁来松土。

他发现叶子已经变得又细又长，万分欣喜。可他站在那里看着看着，就变得不耐烦了，于是决定用魔法让甘蔗长得快一些。五天过去了，他又来到地里，看到甘蔗已经长得很高，成熟了。他赶忙跑回家，告诉阿波妮宝琳甘蔗已经可以吃了。阿波妮宝琳为自己有这么能干的丈夫而感到自豪。

这时，大星星巴巴亚克和月亮希娜的女儿伽娅友玛正在天上注视着一切。她看到了地上高耸的甘蔗树，很想尝一下，就对父亲巴巴亚克说："哦，父亲，我太想吃甘蔗了，请你派些星星到地上给我摘一些来吧。"

于是，巴巴亚克就派了一些星星到地面上。他们来到了田地周围的篱笆旁，翻身进去。每颗星星都摘了一根甘蔗，还带走了阿波妮宝琳先前种下的豆子。这些豆子的茎秆都是金色的。伽娅友玛看到星星们带回去的东西，十分满意。她将那些豆子和金色的茎秆一起烹食，然后啃了很久的甘蔗。然而，等到吃完星星们带回来的所有东西之后，她变得焦躁不安，并对父亲说："父亲，我现在就想去看看甘蔗生长的那块地方。来吧，和我一起去吧。"

巴巴亚克叫了众多星星一同随行，一起来到了甘蔗生长的地方。有些星星坐在篱笆上，有些来到田野中央，他们都大快朵颐地吃了起来。

第二天，阿波尼托洛对妻子说："阿波妮宝琳，我要去地里看看竹篱笆牢不牢固，水牛总想进来吃我们的甘蔗。"

于是，他就出发去地里了。他来到田野边，发现到处都是嚼过的甘蔗渣，就知道一定有人来过。他走到田地中央，发现了一小块金子。他自言自语道："太奇怪了！一定是某个漂亮姑娘偷吃了我的甘蔗。我今晚就在这儿盯着，她应该会再来偷甘蔗的。"

夜幕降临了，阿波尼托洛却没有回家的念头。他吃了些甘蔗充饥，然后藏在附近茂密的草丛里等着。不久以后，耀眼的亮光闪得他睁不开眼睛，等适应了亮光，重新看清眼前的一切时，他惊讶地发现从天上落下许多星星，接着他听到掰甘蔗的声音。忽然，一颗巨大无比的星星从天空降落，就像是落入田野的一束火光。然后，一个美丽的姑娘在篱笆旁脱下了星星似的裙子。

阿波尼托洛从未见过这般景象，吓得瑟瑟发抖，在地上躺了好一会儿。

"我该怎么办？"他问自己，"我要是不把这位美丽姑娘的同伴们都吓走，他们恐怕会吃了我。"

于是，他用尽全身力气一跃，吓得这些星星们都飞走了。漂亮姑娘来找她的裙子时，发现了坐在上面的阿波尼托洛①。"你得原谅我们，"她说，"你的甘蔗实在太甜了，我们都想尝尝。"

"欢迎你来吃甘蔗，"阿波尼托洛回答道，"但依照我们的风俗，我们得互通名字才行。在我们知道彼此名字之前，是不可以这样交谈的。"

然后阿波尼托洛给了她一些槟榔，他们一起嚼起来。他说："现在按照风俗，我们先说名字吧。"

"好，"伽娅友玛说，"你先说。"

"我叫阿波尼托洛，是阿波妮宝琳的丈夫。"

"我叫伽娅友玛，天上的巴巴亚克和希娜的女儿，"姑娘说，"阿波尼托洛，虽然你有妻子了，但我还是要把你带到天上去，因为我想嫁给你。如果你不愿意，我就让我的星星同伴们吃了你。"

阿波尼托洛吓得直哆嗦，因为他现在知道了这个姑娘是个神灵。他不敢拒绝，只好答应跟她去天上。不久，星星们按照伽娅友玛的吩咐，从天上丢下一只篮子。阿波尼托洛和可爱的姑娘一起走进篮子里，迅速穿过云层飞上了天。

等阿波尼托洛和这些星星住了一段时间后，伽娅友

---

① 在欧洲、非洲和亚洲某些地区的神话传说中，我们都发现有类似人类穿着星星衣服的故事。当他们穿上衣服就变成了星星，脱下衣服就变成人。参见考克斯的《神话简介》，第121页（伦敦，1904年）(Cox, Marian Roalfe. *An Introduction to Folklore*. London: D. Nutt, 1904: 121.)。

玛让他刺破她无名指和小拇指中间的地方。他照做了之后，一个漂亮的男婴就从中蹦了出来。他们给男婴取名为塔克亚岩。孩子长得非常迅速，也十分强壮。

然而，阿波尼托洛从未忘记过阿波妮宝琳。他知道妻子一定在苦苦找寻他，可是他又不敢在星星们面前提起她。等到男孩三个月大的时候，他终于鼓足勇气告诉伽娅友玛他想要回到地面上。

一开始，伽娅友玛并不理会，但经不住阿波尼托洛苦苦哀求，最后同意让他回去一个月。阿波尼托洛要是不按时返回，她就会派星星去吃了他。然后，她再次召唤篮子，把他们送到地面。抵达地面之后，阿波尼托洛走出篮子，伽娅友玛和儿子乘坐篮子回到天上。

阿波妮宝琳一直以为丈夫已死，没想到能再次见到他，欣喜若狂。丈夫不在的日子，她因为吃不下饭而变得十分消瘦。阿波尼托洛向她讲述自己和星星们一起生活的事，她不厌其烦地听着，为能够重新拥有丈夫而感到幸福。一个月很快过去了，阿波妮宝琳却不肯让丈夫回天上去。

那天晚上，许多星星来到他们家。有些站在窗台上，其他的待在屋外。他们发出的耀眼光芒让屋子看上去像是着火了一般。

阿波尼托洛害怕极了，朝着妻子大喊："时间到了，你不该留我的。要是我违背他们的命令，星星们会吃了我的。现在他们来了。快把我藏起来，不然他们会抓到我的。"

阿波妮宝琳还未来得及回答，巴巴亚克就大吼一声："不要再躲了，阿波尼托洛，我们知道你现在就在屋子里。出来吧，不然我们一定会吃了你的。"

阿波尼托洛吓得浑身发抖，只好走了出来。星星们问他是否愿意一起回去，他不敢拒绝。

伽娅友玛越来越依恋阿波尼托洛，她吩咐星星们，只要他愿意回到她身边，就绝不能伤害他。因此阿波尼托洛同意回天上之后，星星们就将他放进篮子里，带着他飞回去了。丈夫走了，阿波妮宝琳感到孤独忧伤。但从那以后，阿波尼托洛时常回到地面陪她，然后一段时间后又得返回天上。

在塔克亚岩还是个小男孩的时候，有一天，阿波尼托洛将他带到地面，他见到了同父异母的哥哥卡纳格。地面上的世界对于这个天上来的孩子来说太过新奇，他想永远都待在这儿。但是一段日子之后，当他和卡纳格在院子里玩耍时，天空中落下了豆大的雨滴。卡纳格跑向妈妈并大喊："妈妈，下雨了，可阳光还很明媚啊！"

阿波尼托洛朝外面一看，说："不，这是伽娅友玛的眼泪。她看到自己儿子到了地面，她在为儿子哭泣。"

于是，阿波尼托洛就把塔克亚岩带回了天上，伽娅友玛又开心了起来。

　　从那以后，塔克亚岩每次被准许去地面时总是很高兴。但当母亲开始掉眼泪的时候，他就得乖乖回到她身边。等塔克亚岩长大了，阿波尼托洛为他选好了妻子。成婚后塔克亚岩就一直生活在地面，而伽娅友玛则留在了天上。

杜马拉威的故事

阿波妮宝琳和阿波尼托洛有一个儿子，名叫杜马拉威[1]。儿子长大成人了。一天，父亲阿波尼托洛对儿子十分气恼，想方设法谋害他。第二天一早，他对儿子说："儿子，磨好你的刀，我们去森林里砍些竹子。"

于是，杜马拉威磨好刀，和父亲一起去了竹林。他们砍了许多竹枝，并将竹枝的一端削得像长矛一样尖。

杜马拉威不知道为什么要做这些。当他们做完后，阿波尼托洛说："现在，儿子，你将竹枝刺向我，我们来看看谁更勇敢。"

"不，父亲，"杜马拉威回答，"你要是想杀了我，你先刺。"

于是，阿波尼托洛将削尖的竹枝一根接一根地投向自己的儿子，但都未刺中。现在轮到儿子投了，但儿子说："不，我不能这么做。你是我的父亲，我不想杀你。"

---

① 见前言，第六段。

于是他们一起回家了。但是杜马拉威十分伤心，因为他现在知道了父亲想要除掉自己。晚餐时，母亲喊他吃饭，他也吃不下。

尽管阿波尼托洛的第一个计谋未能得逞，但他并未放弃除掉儿子的念头。第二天，他对儿子说："来，杜马拉威，我们去把田里的小屋①修缮一番。这样雨季来临的时候，我们就有地方可去了。"

于是，父子俩一起来到了田里的小屋。阿波尼托洛指着地上的一处，说："在那儿挖，你会找到一罐巴丝，是我小时候埋下的，现在味道一定不错。"

杜马拉威挖出了罐子，父子俩一起喝起酒来。酒的味道很棒，他们用椰子壳盛酒，一连喝了三杯。杜马拉威喝醉了，躺在地上睡着了。阿波尼托洛知道这是一个除掉儿子的好机会，于是他用魔法制造了一场暴风雨，暴风雨将熟睡的杜马拉威卷起来并吹到了很远的地方。然后，阿波尼托洛就独自回家了。

杜马拉威醒来后，发现自己在一片旷野中央，四周都看不到边际，既没有树，也没有房屋。除了他自己，没有任何生物，他感到非常孤独。

---

① 在稻田旁建一个四到六米高的竹屋是当地的习俗。在作物成长期，每天都有人在小竹屋里看管，以防作物遭破坏。稻田的各个位置通常会插上类似苍蝇拍的木板，一头用绳索连着直通到竹屋，这样要是鸟来了，看管的人一扯绳子就可以把鸟吓跑。

　　过了一会儿，他施展魔法，地里长出了许多槟榔树，树上结出的果子都覆盖着一层金子。

　　"这太好了，"杜马拉威说，"我要将这些槟榔分散开，让它们变成人，这样它们就可以做我的邻居了。"

　　于是，午夜时分，他将金子包裹的槟榔切成许多小块，并将它们分散在各处。第二天一早，当他醒来时，他听到屋子周围人声嘈杂，还有公鸡啼鸣。杜马拉威知道自己有同伴了。他走出去，发现大家都在院子里烤火取暖①，于是他前去一一拜访。

　　有一户人家有一个美丽的少女，名叫达普丽珊。杜马拉威和少女还有她的父母交谈一番后，又去了另一户人家。但这个少女深深地印在了杜马拉威的脑海里。他一拜访完所有人，就又回到了达普丽珊家，问她的父母是否愿意把女儿嫁给他。达普丽珊的父母起先不同意，他们担心杜马拉威的父母不会同意这门婚事。但杜马拉威解释说，自己被父母抛弃了。于是达普丽珊的父母便同意了，达普丽珊成了他的新娘。

　　成婚不久，他们决定举行仪式祭拜神灵。达普丽珊派人去找金子包裹的槟榔。找回来之后，她对槟榔们说："你们到这儿来，给自己涂上油，然后去邀请世界上

――――――――――

　　① 山区的夜晚十分寒冷。清晨时分，经常能见到成群结队的人们裹着毯子，围坐在火堆旁取暖。

的所有人来参加我们的仪式。"

于是，槟榔们为自己涂上油，就四散去邀请客人了。

杜马拉威的母亲阿波妮宝琳独自坐在屋子里，沉浸在失去儿子的悲伤中。她突然很想嚼槟榔。

"我得了什么病？"她自言自语道，"为什么想吃槟榔？儿子不见了之后，我明明什么都不想吃。"

正说着，她取下挂在墙上的篮子，看见里面有一颗金子包裹的槟榔。当她正准备切开它时，它开口说话了："不要切我，我是来邀请你参加杜马拉威和他的妻子举办的仪式的。"

阿波妮宝琳得知儿子还活着，开心极了。她通知所有人洗头，一起去参加她儿子的仪式。于是，人们沐浴更衣，出发前往杜马拉威的家。杜马拉威的父亲阿波尼托洛跟在后面，看起来像个疯子。当大家抵达镇子附近的河边，杜马拉威就派鳄鱼来驮他们过河。可当阿波尼托洛爬上鳄鱼背时，鳄鱼将他扔回了岸边。其他人都安全过了河，唯独阿波尼托洛还被留在岸边，他发疯似的大喊大叫，直到杜马拉威另派鳄鱼将他带过了河。

杜马拉威让人端来了食物，达普丽珊则将巴丝倒在一个拳头大小的罐子里分给大家①。每位宾客都喝了满满一杯佳酿之后，罐子里还剩三分之一。待宾客们吃饱喝

---

① 可以将此与《圣经》中面包和鱼的故事比较。菲律宾的伊哥洛特、婆罗洲和印度都有类似的故事。

足后，阿波妮宝琳对大家说，达普丽珊做她的儿媳妇，她很高兴，并补充道："现在，我们要依照习俗送上聘礼。我们将用不同的罐子将神灵屋装满九次。"

然后她召唤道："住在各个泉边的神灵们①，请送上罐子吧，这是杜马拉威送给达普丽珊的聘礼。"

神灵们按要求用不同的罐子将神灵屋装满了九次。阿波妮宝琳对达普丽珊的父母说："我想我们已经为你的女儿献上厚礼了。"

然而达普丽珊的母亲达洛纳甘并不满意，她说："不，还不够。"

"好吧，"阿波妮宝琳说，"告诉我们还要什么，我们会给的。"

于是达洛纳甘叫来一只宠物蜘蛛，然后说："大蜘蛛，去绕着整个镇子吐丝，阿波妮宝琳必须在你吐的每一根丝线上串上金珠子。"

蜘蛛照做了。阿波妮宝琳又召唤神灵为她送来金珠子并串在丝线上。达洛纳甘将丝线提起来，丝线没有断开，于是她宣布所有的要求都被满足了。

然后，人们欢歌笑语，同享美食。最后，宾客们返程回家，杜马拉威不愿与父母一同回去，和妻子留在了自己创造的小镇上。

---

① 神灵一般分为两类：一类享有最高的尊崇，一类则服务于凡人。

卡纳格的故事

稻子①已经长得很高，就快要成熟了。阿波尼托洛和阿波妮宝琳十分担心，生怕野猪闯进去毁坏所有的作物，于是就派儿子卡纳格去地里看守。卡纳格很乐意去，不过他一到地里就发现栅栏十分坚固，野猪无法逾越，所以他在看管田地的小房子里无事可做，渐渐地感到孤独，变得闷闷不乐。

阿波尼托洛每天都给地里的儿子送饭。但卡纳格总是吃不下饭，让父亲把饭菜挂在小房子里，等想吃了再吃。可阿波尼托洛每次都发现前一天的饭菜一点未动，他开始怀疑儿子其实不愿意来看守作物。但是，他并未将自己的担忧告诉阿波妮宝琳。

一天，等到父亲回去后，卡纳格感到很孤单，于是用魔法变身成一只小鸟飞上了树梢。第二天，阿波尼托

---

① 这个词的原文是 langpadan，即山稻。此品种不需要灌溉。但在20世纪初，大部分粮食作物是在山坡梯田上种植，用水槽或者竹管从远处引流灌溉。故事中只提到山稻，反映了人们在知道灌溉田地之前的一种非常古老的生活方式。

洛又来到地里，却怎么都找不到儿子。他大声呼喊，竹梢上的一只小鸟回应了他。卡纳格将事情的原委告诉父亲，父亲非常难过，恳求儿子飞下竹梢变回原形，但卡纳格回答道："我宁愿做一只鸟①，将神灵们的信息传达给人们。"

最后父亲独自回家了，他和阿波妮宝琳为失去儿子而悲痛不已。

不久以后，阿波尼托洛准备出去战斗。他带上他的矛、盾和斧头，一大早就出发了。当他到达城门时，卡纳格飞到他的上空，告诉他有不祥的征兆，于是，他转身回家了。第二天早上，他再次出发，这一次，卡纳格告诉他有一个好兆头。阿波尼托洛知道没有什么能伤害他，就继续前行了。

长途跋涉后，他来到了敌人所在的小镇。镇上的人们都说很高兴看到他，因为他是他的族人中第一个敢到这个镇上来的。他们要把阿波尼托洛留下来。

"哦，"阿波尼托洛说，"你们想把我扣在这里？那就喊上所有人，我们大战一场吧。"

"你很勇敢，"他的敌人回应道，"你竟然要挑战我们所有人。"

———————————

① 拉贝格是预言鸟。人们认为它能将大神灵卡达克兰的信息直接传递给人类。

人们都聚集过来了，嘲笑阿波尼托洛说："笑话，我们用一根手指就能对付你。"

然而，阿波尼托洛已经做好了准备。敌人中最勇敢的人向他投来长矛和斧头，他跳着躲开了。人们发现他跳得非常高，于是一起向他跑去，朝他刺长矛，试图杀了他。

但阿波尼托洛抓住了所有朝他投来的兵器，等到敌人手无寸铁时，他投出自己的长矛。长矛在人群中到处飞，将所有人都刺死了。

大战过后，阿波尼托洛坐在城门口休息，卡纳格飞到他的头顶上，对他说："我说过你有个好兆头，父亲，你已经杀光了所有敌人。"

"是的。"阿波尼托洛回答。在他回家的旅途中，卡纳格一直伴随左右。到家后，他吩咐镇上的人们去邀请全世界的人，尤其是漂亮姑娘，来参加庆祝胜利的庆典。

人们纷纷从世界各地赶来，敲锣打鼓，载歌载舞。阿波尼托洛对卡纳格说："下来吧，我的儿子。不要总待在树梢上。下来看看这些美丽的姑娘，看看想娶哪一个。拿着金杯，给她们喝些巴丝。"

但卡纳格回答说："我宁愿待在树梢上，告诉那些要去战斗的人征兆。"

卡纳格的父母再三恳求他变回男孩的模样，乞求他的原谅，并承诺再也不会让他去看守作物了。但卡纳格不听他们的话，还是飞走了。

　　阿波尼托洛和阿波妮宝琳发现这样无法说服儿子，于是召唤来了精灵小仆人，让他们一直跟着卡纳格，找到他想求娶的姑娘。于是精灵小仆人就跟在卡纳格后面，无论他去哪儿都跟着。

　　不久以后，精灵小仆人在一口井边停了下来。他们施展魔法，让附近所有漂亮女孩都觉得异常燥热，这样天一亮，她们就会来到井边沐浴。其中有个姑娘非常美丽，看上去就像花丛中的一团火焰。精灵小仆人看到她在洗头发，就跑去请卡纳格过来看。起先卡纳格并不理睬他们，可过了一会，他飞到附近的一棵槟榔树上，看见了那位美丽的姑娘，接着就飞到了她头顶上方的那棵树上。

　　"可是，"他对小仆人说，"就算我现在变回了人，又能做什么呢，我既没有衣服也没有头巾。"

　　"别担心，"精灵小仆人说，"我们为你准备好了一切。"

　　于是卡纳格变回人形，穿上衣服，戴好头巾，就去找那位姑娘说话。他给了她几颗槟榔，两人一起嚼起来。他说："我叫卡纳格，是阿波尼托洛和阿波妮宝琳的儿子。"

　　女孩说："我叫达普丽珊，是班甘和达洛纳甘的女儿。"

　　卡纳格跟着达普丽珊一起回了家，他把自己的名字以及变成小鸟的经过告诉了她的父母。说完后，他问是否可以娶他们的女儿为妻。班甘和达洛纳甘对卡纳格非常满意，但他们担心卡纳格的父母会不同意，于是就派人邀请阿波尼托洛和阿波妮宝琳前来见一面。

卡纳格的父母听说自己的儿子变回人形，非常高兴，就立刻出发了，并带了许多精美的礼物。在准备婚礼前，需要先商定该给女方多少聘礼。经过长时间的讨论，班甘和达洛纳甘最后决定男方要用不同的罐子装满神灵屋九次。

一切完成后，达洛纳甘扬起了眉毛，一半的罐子就消失了。阿波妮宝琳用魔法再次装满了神灵屋，然后达洛纳甘对她说："现在镇子的四周都是蜘蛛网，你要把每一根丝线都串上金珠子。如果丝线不断，卡纳格就可以娶我的女儿。"

阿波妮宝琳照做了，达洛纳甘提起丝线，丝线没有断，于是她宣布卡纳格和达普丽珊可以结婚了。

然后，人们敲锣打鼓，载歌载舞，大肆庆祝起来。人群散去后，卡纳格带着新娘跟阿波尼托洛和阿波妮宝琳一起回家了。

提可姬的故事

　　"啾啾，啾啾，我们是提可姬，我们来为你服务，让我们帮你收割水稻。"

　　利基[①]正要去田里看他茁壮生长的水稻，听到声音，抬起头来，惊讶地发现头顶围了一群小鸟，正朝他叫着。

　　"得了，你们可不会割水稻，"利基说，"你们是鸟，只知道怎么飞。"

　　但是小鸟们坚持称自己知道如何割稻，所以他只好让小鸟们等稻子成熟了再来，鸟儿们这才飞走。

　　可小鸟们一走，利基就非常想再见到它们。回到家之后，他不断祈祷稻谷赶快成熟。只要利基一离开田地，小鸟们就用魔法让稻子迅速生长。五天后，等利基再回到稻田，发现小鸟们已经准备好割稻了。利基教它们从哪里开始收割，然后就走了。

　　等到他走远不见，提可姬对割刀说："割刀，你自己

---

　　① 见前言，第六段。

割稻吧!"然后它们又对躺在一旁的绳子说:"绳子,你们把割下来的稻子捆好。"

于是,割刀和绳子按照提可姬的吩咐各自干了起来。

下午,利基又到了地里,提可姬对他说:"来吧,利基,看看我们做的,我们现在要回家了。"

利基看到割完的五百捆稻谷,十分惊讶。他说:"哦,提可姬,太感谢你们了。作为报答,这些稻谷,你们想拿多少就拿多少。"

于是,每只提可姬带上一穗稻谷飞走了,它们只能带得动这么多。

第二天一早,利基来到田里,发现鸟儿们已经到了。他说:"现在,提可姬,用你们最快的速度收割剩下的稻子。割完之后,我要为神灵们举办仪式,你们一定要来参加。"

"好的,"提可姬回答,"现在我们就开始割稻了,你不必留在这里。"

于是利基就回家了,还建了个粮仓来储存粮食。等他再回到田里的时候,稻子又被全部收割完了。提可姬说:"我们把你的稻子都收割完了,利基,给我们点报酬,等你回家的时候,这些稻谷就会在你的粮仓里了。"

利基将信将疑地回到家,发现粮仓里果然堆满了稻谷,他怀疑这些提可姬不是真正的小鸟。

没过多久,利基就邀请各个镇上的亲戚来帮他举办仪式祭祀神灵①。大家到的时候，提可姬也到了。它们在人们的头顶盘旋，让人们一直喝巴丝直到喝醉。然后，它们对利基说："我们现在要回家了，待在这里对我们不利，我们不能与人坐在一起。"

于是，它们动身回家了。利基一直跟在它们后面，最终来到了巴纳阿丝树。利基看见它们脱下羽毛，放在粮仓里。然后，它们突然变成了一位美丽的少女。

"你不是帮我割稻的提可姬吗？"利基问，"可我觉得你像一个美丽的少女。"

"是我，"她回答说，"我变成提可姬帮你割稻，不然你不会发现我。"利基将她带回家，那儿的人们都在欢庆，一看到她就开始嚼魔法槟榔，想知道她是谁。

伊邦和丈夫的槟榔嚼块与提可姬的嚼块合到了一起，他们明白了这是他们的女儿。很久以前，他们在田里劳作的时候，女儿在家里失踪了。提可姬回答了他们很多问题，并告诉他们，卡波尼岩②带她去了巴纳阿丝树，自己一直住在那里。后来她变为提可姬鸟，飞去了利基的田里。

---

① 按照习俗，在将成熟水稻捆好放进粮仓之前，人们会举办一个仪式祭祀神灵。人们会将煮熟的米饭拌上猪血放在粮仓前，敬献给让谷物增收的神灵，否则谷物很快就会消失殆尽。

② 这位神灵仅次于大神灵卡达克兰。他教会人类一切美好的事物。后来他从马纳勃娶了一位女子为妻，希望自己与人类联系得更为紧密。参见本书故事《廷吉安人如何学会种植》。

利基非常喜欢这个美丽的女孩，就问她的父母是否同意他们结婚。伊邦和丈夫十分满意这桩婚事。婚礼结束后，所有的人都留在利基家，载歌载舞地庆祝了整整三个月。

萨廷的故事①

在人迹罕至的黑暗森林深处，住着一个干瘪的老妪阿兰②。她脸上的皮肤像水牛皮一样粗糙，胳膊很长，手指外翻，看起来非常可怕。这个恐怖的老妇人有个儿子，名叫萨廷。不同于母亲的长相，萨廷长得十分英俊，且英勇无比，常常独自外出作战。

有时，萨廷会在外出的路上遇见漂亮的姑娘。尽管他想结婚，却决定不了该娶谁。他听闻达尼潘的美貌举世无双，于是决定去向她求婚。

达尼潘是个十分害羞的姑娘，当听说萨廷正朝她家来时，便躲在门后，派女仆雷野出来见他。结果，萨廷没看到达尼潘，以为雷野就是自己美丽的新娘，就和雷野结婚了。他带她去了自己建在森林边上的屋子。因为虽然他想住得离老家近一些，但又怕新娘看到自己丑陋的母亲。

---

① 廷吉安人认为这个故事起源于近代。他们认为萨廷生活的年代并不久远，然而以萨廷为主线的故事都与远古传说十分相近。

② 参见本书故事《阿兰与猎人》。

　　他们一起幸福地生活了一段时间。有一天，萨廷在楼下犁田，听见雷野在楼上给宝宝温柔地吟唱道："萨廷以为我是达尼潘，可我是雷野。萨廷以为我是达尼潘，可我是雷野。"

　　听到这里，萨廷知道自己被骗了，感到非常非常愤怒，他思忖了很久该怎么办。

　　第二天一早，他要去田里耕地，因为快要到种植水稻的时节了。离开家之前，他对妻子说："正午的时候，你带宝宝来给我送饭，我今天会一直在田间忙碌。"

　　然而，在去耕地前，萨廷砍断了通往地里的竹桥。中午，雷野带着宝宝来送饭，一踏上桥，桥就断了，她们掉进水里淹死了。萨廷恢复了单身。他带上长矛、盾还有斧头，立刻前往达尼潘所在的小镇，大开杀戒。

　　整个镇子笼罩着恐怖的氛围，没有人能阻止萨廷。直到达尼潘从家里走出来，乞求他放过其他人，因为她还得向他们借火①。萨廷被她的美貌震慑住了，停止了杀戮，他感到筋疲力尽，叫她准备一些槟榔给他。达尼潘照做了。萨廷将嚼过的槟榔吐在他杀死的人身上，他们又复活了。然后，他娶了达尼潘为妻，把她带回了家。

　　就在这时，麻果桑的人们遇上了大麻烦。在一次成功

_____

　　① 直到20世纪初，廷吉安人仍用燧石和铁来取火，但去邻居家借还在燃烧的余烬来生火也是很常见的。

的打猎过后，他们正在分肉时，一个长得像人的杀人狂魔科摩巫①凑上来，问他们抓了多少猎物。如果他们回答"两个"，那么科摩巫就会说自己也抓了两个。等他们回去的时候就会发现镇上死了两个人。他们每次去打猎，科摩巫都这么做。麻果桑因此死了许多人，活着的人也惶惶不可终日。后来他们听说萨廷是个勇士，就来寻求他的帮助。萨廷听完了事情的来龙去脉，对他们说："下次我和你们一起去打猎，在你们分肉的时候，我会躲在树丛后面。等科摩巫再来问你们抓了多少猎物时，我就会杀了他。他会闻到我的气味，但你们一定不能告诉他我在哪里。"

于是大家去打猎，捕获了两头鹿，把它们放在火上烤焦之后开始分肉。就在这时，科摩巫又来了，对他们说："这次抓了多少猎物？"

"两个。"大家答道。

"我也抓了两个，"科摩巫说，"可我闻到了萨廷的气味。"

"我们不知道萨廷在哪里。"大家答道。说时迟那时快，萨廷跳出来将科摩巫杀死了，大家如释重负。

神灵卡波尼岩听说了萨廷的事迹，找到他并对他说："你竟然杀了科摩巫，是个勇士。明天我要和你一

---

① 附近的伊洛卡诺人是一个基督教化的部落。那里的人们认为科摩巫是一只隐形的神鸟，会偷走人和他们的财物。

战。你必须留在河边的洼地上，我会到上面的山上。"

第二天，萨廷去了河边洼地等候。没等多久，他就听见暴风一般的巨响，他知道是卡波尼岩来了。他抬头一看，卡波尼岩正举着一根大树般的长矛，站在山上。

"你是勇士吗，萨廷?"卡波尼岩的声音犹如雷鸣一般，说着掷出了长矛。

"当然了。"萨廷回答道，并一把抓住了长矛。

卡波尼岩十分惊讶，又将他那屋顶般大小的斧头掷了出去，萨廷又抓住了。这下卡波尼岩明白了，萨廷确实是一个英勇之人。于是他从山上下来，与萨廷面对面打起来，直到双方筋疲力尽也没能分出高下。

卡波尼岩知道萨廷与自己一样强壮勇武，于是他提议一起去不同的镇子上找人搏斗。俩人即刻出发了，面对他俩的强强联手，很多人都败下阵来。而这两人从未被抓住，这也给人们留下了一个谜题。因为没有人知道，其中哪一个是神灵卡波尼岩，哪一个是萨廷。

萨廷一旦被困在小河里，就会变成一条鱼藏起来，任谁也找不到他;要是被困在了镇上，他就会变成一只鸡，躲在鸡舍里。就这样，他次次都能逃脱。

后来有一天晚上，萨廷在一个镇上杀了许多人，人们决定监视他，才发现他藏身于鸡舍。第二天，他们在鸡舍边放了一个捕鱼器作陷阱。那天晚上，萨廷再去鸡舍时，不慎落入陷阱，就这样被杀了。

太阳和月亮

有一次，太阳和月亮吵了起来。太阳说："你不过就是个月亮，有什么了不起的。要不是我给你光，你什么都不是。"

但是月亮回答道："你不过就是个太阳，还那么炎热。女人们都更喜欢我，因为等我出现在黑夜，她们就能出来纺纱了。"

月亮的这番话让太阳勃然大怒，太阳抓了一把沙子扔到了月亮的脸上。现在，你依然可以在月亮的脸上看到黑黑的斑点。

廷吉安人如何学会种植

很久很久以前，廷吉安人还不知道如何像现在这样种植。他们主要以森林里的野果和溪流里的鱼为食。人们要是生病了或是被坏人伤害了，也不知道该如何救治。不然，很多人其实并不会死[1]。

住在天上的大神灵卡达克兰看到地上的人们饱受饥饿病痛之苦，就派卡波尼岩来到地面，教人们各种技能。

事情是这样的：达亚潘住在卡朗，她病了七年了。一天，她去泉边沐浴。这时，卡波尼岩带着稻米和甘蔗进入她的身体里，对她说："达亚潘，你把这些带回家种在地里，它们很快就成熟了。等成熟后，建一个粮仓把多余的稻谷储存起来，把甘蔗压碎了榨糖。做完这一切之后，还要举办一个三阳仪式，你的病就会好了。"

达亚潘对这些奇怪的东西将信将疑，但还是按照卡

---

[1] 这个传说对廷吉安人有着特别的意义。因为它解释了廷吉安人是如何学会现在生活中最重要的两件事——种植和治病，也揭示了死亡是如何发生的。

波尼岩说的，将稻谷和甘蔗带回了家。在她正要把作物种到田里的时候，卡波尼岩再次进入她的身体，教她如何种植。自此以后，廷吉安人每年都按照卡波尼岩教的方法来种植作物，再也不会挨饿了。

达亚潘收获了第一批稻谷和甘蔗后，便开始举行三阳仪式。卡波尼岩再次进入她的身体指导她。仪式结束后，她的病也痊愈了。卡波尼岩让她带上一条狗和一只公鸡去河里洗澡，以示仪式结束。于是她来到河边，把狗和公鸡拴在岸边，就去河里洗澡了。可是就在这时，狗吃掉了那只公鸡。

达亚潘放声大哭，过了很久，卡波尼岩终于来了，对达亚潘说："如果狗没有咬死公鸡，那么你进行这个仪式时，没有人会死。但这是一个预兆，现在有人会死去，有人会痊愈。"

达亚潘将人们召集起来，告诉了他们这件事。人们看得出来，达亚潘已经痊愈了。从此以后，每当有人生病了，他们就跑去找达亚潘救治他们。就像神灵所说的：有人会死去，有人会痊愈。

玛格萨维

很久以前的一天早上，一群廷吉安人离开山谷中的小村庄，朝山上走去。他们要去捕野鹿①。每个人都带着长矛和斧头，其中一个人还用皮带拉着一群精壮的猎狗去追捕猎物。

等走到半山腰，他们就将这群狗松开了，人群也四散开来，向着不同的方向去搜寻猎物。没过一会儿便传来了一阵刺耳的狗叫声，人们都被吸引了过去。他们以为猎狗已经围住了一只陷入绝境的野鹿。然而，当他们逐渐靠近，却发现那个东西并不像鹿，再仔细一看，那

---

① 旱季的清晨，在廷吉安人的村庄里时常可以看到一帮男子带着长矛和斧头朝山上走去。他们通常会带着一群饥肠辘辘的狗来帮他们追赶猎物。他们还会在猎物逃跑的路上布好一道网。然后，一些人躲在附近，另一些人试着将猎物赶进网里，待猎物落网后用长矛将其刺死。

东西竟然是一个大罐子①。

怀着满满的好奇心，他们继续向前靠近，但是罐子却躲开了。他们越跑越快，可是罐子时而消失、时而出现，总是在躲避他们。他们追得筋疲力尽，只好坐在一个树木繁茂的山坡上休息，从腰带上的铜盒子里取出槟榔嚼着吃，稍作休整。

他们慢慢切开槟榔，用石灰和叶子包起来，一边包一边谈论这个罐子的神奇魔力。正当他们要把做好的诱人食物放入嘴巴时，一个奇怪而温柔的声音在他们耳旁响起，把他们吓了一跳。所有人都停止了吃东西，转过身来侧耳倾听，却发现空无一人。

"找一头年纪大一些的猪，"那声音说，"取它的血，这样你们就能抓住那个罐子了。"

人们这才知道原来那个神秘的罐子是某个神灵的。他们赶紧按照吩咐去做，等他们取到血时，狗又把罐子团团围住了。人们试图抓住罐子，可它钻进一个地洞就消失了。他们紧随其后，却发现他们追到了一个黑暗的洞穴里②。这个洞穴除了进来的入口，再没有别的出口

---

① 在整个菲律宾地区都能发现中国古代的罐子。罐子与廷吉安人的民间故事紧密相关。其中一些罐子的历史可以追溯到10世纪，其他很多是12到14世纪的。很显然，这些罐子是在与西班牙的贸易往来之前传入菲律宾的。这些罐子十分珍贵，一般用于结婚或是平息积怨。

② 这个洞穴位于皇帝岛和圣罗莎之间的群山中，那附近有许多溶洞。

了，因此他们很容易就将罐子抓住了。

虽然这件事过去了很多年，但这罐子至今仍然活着。它的名字叫玛格萨维。它现在依然会说话。但是几年前它身上出现了一道裂缝，从那时起，廷吉安人就听不懂它说的话了①。

有时候玛格萨维会独自踏上旅途，去看望它的"妻子"——一个住在北伊罗戈斯省的罐子，又或者去看望它的"孩子"——一个住在圣奎廷的小罐子，但它总是会回到德玛克，住在洞穴边的山坡上。

---

① 德玛克的卡比多是这个罐子的主人，人人都很羡慕他。有人出钱购买罐子，被他拒绝了。从其他部落来的人甚至带来十头水牛作为交换，他也绝不出售。

结玛瑙的树

　　一百多年前的一天，一个廷吉安人带着他忠诚的狗去山上打猎。他沿着山坡上的路一直往山上走去，只有在没有路的地方才停下来，砍出一条小道后又继续前行。他的狗则跑来跑去，在厚厚的草丛里搜寻猎物。

　　他一直走着，却没有看到任何猎物。当他几乎是爬到山顶的时候，他的狗突然叫了起来。一只健壮的鹿从灌木丛中蹿了出来。"嗖"的一声，他将自己的长矛投了出去，掷向那只鹿。等了一会儿，那只鹿并没有倒下，反而飞速地跑开了。他和狗一路穷追不舍，直到鹿钻进了一个地洞里。

　　从洞口进去，走过一小段路，山洞变得非常宽阔。走着走着，他就彻底迷路了。他听到狗在远处不停地叫。在没有任何指引的情况下，他只能在黑暗中匆忙地往前走。

　　他循着狗吠声，走了很长时间，从一个陌生的地方到了另一个陌生的地方。他在黑暗中跌跌撞撞地走着，不时会撞到石墙。突然，他伸出的手抓住了一棵长着浆果的小树。

他惊讶极了，在这没有一丝光亮的地方，竟然有东西生长。于是他折了一根树枝。刚一折下，小树就开口说话了，说的还是一种陌生的语言。他吓坏了，朝着最后一次听到的狗吠的方向狂奔。过了一会儿，他发现自己来到了阿布拉河岸的空旷处，而那只鹿死在了他的脚下。

他看了看仍握在手里的树枝，惊讶地发现，那些浆果竟然是价值连城的玛瑙珠子①。他背起鹿，赶紧回家，把这个神奇的故事告诉了大家。

大家看到这些美丽的珠子，相信了他的话。一群人立刻又跟他一起回去找那棵树。

可是，他们的希望落空了。因为就在他们到达前不久，恶魔把树带走了，还在洞穴的墙壁上留下了奇怪的雕刻，这些雕刻至今依然能看到。

---

① 如今廷吉安的妇女还会佩戴美丽的玛瑙珠子。她们十分喜欢玛瑙，很少出售。一颗玛瑙珠子的价值就超过一头水牛。

条纹毯

从前，有三个廷吉安人去山上打野鹿。因为他们要去好几天，而山里的夜晚又十分寒冷，所以他们都带上了毯子。

其中两个人的毯子是蓝白相间的条纹毯，这在廷吉安人用的毯子里十分常见。而另外一个人的毯子是红黄相间的条纹毯，像极了小野猪的背。

夜幕降临，他们裹着毯子躺在一棵大树下睡觉，而盖着红黄条纹毯的那个人还醒着。两个神灵走过，看见了他。

"噢，"他听见一个神灵对另一个说，"我们有东西吃了，这里有一头小野猪。"

那人连忙与一个熟睡的同伴换了毯子。很快，神灵们就吃掉了盖着红黄条纹毯的那个同伴。

从那以后，廷吉安人再也不盖那种红黄条纹的毯子睡觉了，以防被神灵吃掉。

阿兰与猎人

从前，有两个人去山上抓野猪。过了一会儿，他们抓到一头猪，却苦于没有火来烤肉。

其中一个人爬到树上，看周围是否有火。他发现不远处有烟，于是循着那个方向跑过去。可到了那里才发现火是阿兰家的[①]，猎人非常害怕，但还是溜了进去，发现阿兰和她的宝宝都在睡觉。

他蹑手蹑脚地走过去，没想到还是吵醒了阿兰，阿兰大声呵斥道："依布格[②]，你要干什么？"

"我想取些火，"猎人说，"我们抓到了一头野猪。"

阿兰给了他一点火，然后带上篮子，跟他一起去了猎杀野猪的地方。

他们烤好野猪之后，阿兰用她的长指甲划开猪的肚子，取出肝脏递给猎人，让他拿到她家去喂给宝宝吃。

---

① 阿兰是住在森林里的畸形神灵。他们大小像人，但是有翅膀，可以飞翔。他们的脚趾长在脚背上，手指后翻。

② 神灵都是这样称呼人类的。

猎人出发了，可他在半路上把肝脏吃了。等到了阿兰家，他不知该如何是好。他东张西望了一阵，看见火上烧着一锅热水，于是他把宝宝扔进水里就回去了。

"宝宝吃得好吗?"阿兰问。

"很好。"猎人回答。

然后，她把大部分的肉放进她的篮子，就回家去了。她一走，猎人就把自己做的事告诉了同伴，他们吓坏了，赶紧躲了起来。

阿兰回到家，发现宝宝死在沸水中，勃然大怒，立刻回去找他们。这时，猎人们已经爬上了河边一棵高大的树。

阿兰低头朝河面看去，看到了两人的倒影。她朝河里伸出巨长无比的手臂，手指后翻的手却怎么都够不到他们。她抬起头，才发现他们在那棵大树上。

"你们怎么爬上去的?"她生气地喊道。

"我们从树根那里爬上来的。"他们向下喊道。

阿兰决心要抓住他们。她抓住藤蔓，从树根开始往上爬。在她爬上来之前，猎人们砍断了藤蔓，她掉在地上，摔死了①。

他们从树上下来，去阿兰家找到一罐珠宝和一罐金子，然后带着这些东西回家了。

---

① 阿兰的遭遇十分典型。今天的廷吉安人也是如此对待那些能力弱小的神灵。他们经常在仪式上取笑他们，在祭祀时欺骗他们。

阿兰与廷吉安人

从前，一个廷吉安人正走在树林里的一条小路上，听到附近的一棵大树上传来奇怪的声响。他向上看，吃惊地发现原来那是阿兰的家——阿兰是一种住在树林里的神灵。

他停下脚步，盯着这些可怕的神灵看了一会。他们与人差不多大，像蝙蝠一样倒挂在树枝上，头朝下。他们有翅膀可以飞翔，脚趾长在脚背上，很长的手指后翻，固定在手腕上。

"毫无疑问，"那人想，"要是这些可怕的神灵抓住了我，一定会吃了我的。我得趁他们还在睡觉的时候赶快逃走。"他奋力奔跑，可因为太害怕了，没跑几步就摔倒在地上。

这时阿兰看到他倒在地上，以为他已经死了，就开始大声嚎叫。他们带着金子和珠宝从树上下来，放在他身上。

过了一会儿，那人鼓起勇气跳了起来，大吼一声：

"走开！"

阿兰却无动于衷，看着他说："给我们一个纳嘎巴珠宝（一种有着双重功效的神奇珠宝），这些就都归你了。"那个人拒绝了这个要求，阿兰很生气，转身走了，大喝道："那我们就烧掉你的房子，因为你是个坏人。"

那个人飞快地跑回家，但是阿兰说到做到，不久他的房子就被烧掉了。

桑格特

很久以前，一群人去山上抓野鹿和野猪，其中有个人名叫桑格特。

他们一起走进茂密的森林寻找猎物。过了一会儿，桑格特把他的狗叫了回来，撤到附近的一块空旷处，等着鹿出来。

他正站在那里急切地观望着，一只大鸟①俯冲下来，用爪子抓住他，将他带走了。这只鸟带着他越飞越远，直到来到它筑巢的大树上。鸟把他留在树上就飞走了。

桑格特第一个念头就是逃走，但他发现树太高了，根本下不去。过了一会儿，他放弃了逃跑的念头，转而看了看巢里——有两只幼鸟和三头小猪。

不久，他感到肚子饿了，于是杀了三只小猪充饥。吃饱之后，给两只幼鸟也喂了点。等这些肉吃完了，鸟

---

① 廷吉安人所熟知的巴诺格。这只鸟在廷吉安人心目中的地位就像东印度民间传说中的金翅鸟伽楼罗。

妈妈又带回了更多的猪和鹿，桑格特吃得十分尽兴。同时他也照顾这两只小鸟。小鸟长得很快，不久就学会飞翔了。一天，它们站在鸟巢边，桑格特抓住它们的腿，它们飞了下去，将他安全地带到了地上。

他赶紧跑回家，把这段神奇的经历告诉大家。他们举办了仪式祭拜神灵，大家都为失踪的桑格特能够回来而感到高兴。

过了一段时间，桑格特去一个敌对的镇上战斗。在这段时间，他的妻子去世了。回家的途中，他遇到了妻子的灵魂，她正赶着一头牛和两头猪。他不知道妻子已经变成了神灵，就问她要上哪儿去。

"我已经不是人了，"她回答说，"我死了。"桑格特想摸摸她的手，她只伸出了最短的手指。他恳求与妻子同行，可她却说："你先回家去，去抓一只白色的鸡，然后循着牛和猪的脚印来。"

他按照妻子说的做了。过了一会儿，他找来了，妻子正在河里洗澡。她对他说："现在你可以跟我一起去我们的神灵镇①了。我会把你藏在米仓里，每天给你送吃的。但是到了晚上，镇上的人会想吃掉你。要是他们来米仓，你就将白鸡毛扔向他们。"

---

① 这则传说展现了廷吉安人对未来世界的看法。桑格特生活的年代并不久远，他的经历广为流传。

于是，他跟着妻子来到了神灵镇，藏在了米仓里。到了晚上，就像妻子说过的那样，人们来吃他，他就把白鸡毛扔向他们，把他们吓跑了。

桑格特在神灵镇待了两个星期，几乎将白鸡毛拔光了。他不敢再待下去，因为每天晚上，这些神灵都要来吃他。他恳求妻子让他走，最后妻子为他指明了回家的路，并给了他一些米饭在路上吃。

桑格特一回到家，就打听妻子的消息。人们告诉他，她已经死了，他们把她埋在了房子底下。这下他才明白过来，带他去那个奇怪小镇的是妻子的鬼魂。

意外的礼物

在西阿贡大约八岁的时候，他的父母开始为他物色合适的结婚对象。最后，他们选定了一个美丽的少女。少女住得有些远，他们派了一个人去询问女孩的父母是否愿意让西阿贡做他们的女婿。

那个人来到女孩的家，看到人们都坐在地上吃玉黍螺。他们正在从壳中吸出螺肉，不住地低头。那个人从门口看见他们这样，以为是在对他点头。他就没有把自己的使命告诉他们，而是转身飞快地回到男孩父母那里，告诉他们女孩家的所有人都很赞成这个婚姻。

西阿贡的父母以为对方愉快地接受了提亲，十分欢喜，立即准备去女孩家筹办婚礼。

一切准备就绪，他们带上给女孩父母的礼物，包括两头水牛、两匹马、两头奶牛、四个铁壶、十六个装着巴丝的罐子、两条毯子，还有两头小猪，浩浩荡荡地出发去女孩家了。

女孩的家人看到他们带着这些东西到家里来，惊讶得合不上嘴，因为他们根本没想过西阿贡要娶他们的女儿①。

---

① 现实中，附近的伊洛卡诺人也流传着同样的故事。因此，该故事有可能就是从伊洛卡诺人处借鉴过来的，而这个故事能反映出廷吉安为婚嫁下聘礼的习俗。

变成石头的男孩

有一天，一个名叫伊洛恩的小男孩正坐在院子里做捕鸟网，一只小鸟对他叫道："Tik-tik-lo-den（来抓我啊）。"

"我正在做一个网，就是抓你用的。"男孩说道。但这只鸟还是不停叫唤，直到捕鸟网做好。

伊洛恩跑过去，将捕鸟网扔了出去，抓住了这只鸟。他把鸟放在他家的罐子里后，就和小伙伴去游泳了。

他走了以后，他的祖母饿了，就吃了那只鸟。伊洛恩回来后，发现鸟不见了，十分难过。他决定离家出走，再也不回来了。他一直在森林里走啊走，走了很远的路，来到一个大石头前，说："石头，你吃掉我吧。"石头就张开大嘴把男孩吞了进去。

祖母很想念男孩，就跑出去四处寻找，希望能找到他。后来，她经过那块石头的时候，石头大叫："他在这儿。"祖母试图打开石头，但没能成功，后来她叫马过来帮她。马儿们拼命地踢这石头，但是踢不破。然后，祖母又叫水牛来帮忙，水牛们用犄角去顶这块石头，却弄断了自己的角。她又叫鸡来啄它，叫雷电来击它，但无论如何都打不开这石头。无奈，她只好独自回家了。

海龟与蜥蜴

从前，一只海龟和一只蜥蜴一起去格格塔帕的地里偷生姜①。一到那儿，海龟就对蜥蜴说："我们必须非常安静，不然那个人听到我们的声音就会出来的。"

然而，蜥蜴一尝到生姜，就高兴得忘乎所以了。它说："格格塔帕的生姜太好吃啦。"

"安静点！"海龟说。但蜥蜴并没有理会警告，甚至喊得比之前更响亮："格格塔帕的生姜太好吃啦！"

它一遍又一遍地喊着。格格塔帕终于听到了它的声音，跑出来抓这两个盗贼。

海龟跑不快，所以躺着一动不动，格格塔帕就没有看到它。蜥蜴在前面跑，格格塔帕跟在后面追。等他俩都跑出视线外，海龟就钻进房子里，躲在那个人平时坐

---

① 这类故事在遥远的南部地区也有迹可循。故事里的小动物往往机智无比，最终战胜了强敌。

78

的椰子壳下面①。

格格塔帕在蜥蜴后面追了很久都没有抓住它。过了一会儿，他回到家中，在椰子壳上坐了下来。

没过一会儿，海龟叫道："傻子。"格格塔帕猛地跳了起来，环顾四周，却不知道声音从哪里传来的，就又坐下了。

海龟又叫了一遍，格格塔帕找遍了房子的各个角落，唯独没有查看椰子壳底下，所以仍没有找到海龟。海龟一遍遍地叫着。格格塔帕最终也没能找到海龟，大受刺激，郁闷而死。

海龟顺势从房子里跑出来，没走多远，又遇到了蜥蜴。它们一起往前走，看到树上有蜂蜜，海龟说："我先去弄一些蜂蜜来。"

蜥蜴迫不及待地跑在前面，抓了一把蜂蜜。蜜蜂蜂拥而出，飞出来蜇它。它只好跑回去向海龟求助。

过了一会儿，它们看到一个捕鸟网，海龟说："这是我爷爷戴在脖子上的银项圈。"

蜥蜴为了抢先得到项圈就跑得飞快，可一跑上去就被网套住了，直到有人过来杀了它。聪明的海龟独自继续上路了。

---

① 廷吉安人的家里既没有桌子也没有椅子。人们通常蹲坐在地板上或是脚后跟上。即便要坐，也只坐在椰子壳或者木头上。

摘椰子的人

一天，有个人出去摘了很多椰子，他把它们放在马背上驮回家。在回家的路上，他遇到了一个男孩，就问男孩回自己家还要多久。

"如果你走得慢，"男孩看了看马背上的东西，说，"你很快就会到家；但如果你走得很快，你得走上一天。"

那人丝毫不相信这种奇怪的话，他快马加鞭地赶路。但椰子不停掉落，他不得不停下来去捡，然后为了弥补耽搁的时间，他又把马驾得更快了，椰子又不断掉下来，如此反复好多次，等他到家时，天已经黑了[1]。

---

① 这则寓言故事表达了廷吉安人的一个观点，那就是"欲速则不达"。

水牛与贝壳

一天，天气十分炎热，水牛去河里洗澡时，遇见了一只贝壳，它们聊了起来。

"你是个慢家伙。"水牛对贝壳说。

"哦，不，"贝壳回答，"我可以在比赛中打败你。"

"那我们就试试看。"水牛说。

于是它们就上岸，开始赛跑。

水牛跑出很远的距离之后，停下来喊道："贝壳！"

另一个躺在河边的贝壳回答道："我在这儿！"

水牛以为这是与它赛跑的那只贝壳，就继续向前跑。

过了一会儿，它又停下来喊道："贝壳！"

又有一个贝壳回答："我在这儿！"

水牛惊讶极了，贝壳竟能够追上它。于是它跑啊跑，可是每次停下来喊的时候都有贝壳回应它。但水牛认为贝壳不可能打败自己，就一直跑，最终把自己累死了①。

---

① 孩子所熟知的龟兔赛跑的故事是这个故事的翻版。

鳄鱼的野果

两个女人去采藤条上的野果，而这些野果都是鳄鱼的食物。

"你一定要小心，千万不要把印着你牙印的果皮乱扔，要是鳄鱼看见就糟了。"她们坐着吃野果，其中一个女人对同伴说。

但她的同伴并不理会，把有牙印的果皮扔进了河里，被鳄鱼看见了。

因此，它立刻知道是谁摘了它的果子，非常生气。它来到那个女人的家门口，喊道："让那个女人出来，她吃了我的果子，我要吃了她。"

"好，"有人回答，"但是请坐下等一会儿。"

说完，他们把铁钳放在火上，烧到发红，然后带到门口，对鳄鱼说："来，先吃点这个。"

鳄鱼张开嘴，他们把烧得通红的铁钳插到它的喉咙里，它就被烫死了。

多格吉

多格吉一直是个很懒的孩子。如今，他的双亲都去世了，没有人照顾他，他生活得穷困潦倒，饥寒交迫，房子又小又旧，连地板都没有。尽管这样，他仍然宁愿呆坐一整天来消磨时间，也不愿意去工作或者做些其他的事。

雨季快来了，多格吉觉得要是暴风雨来了，该多冷啊。他感到十分羞愧，于是决定在房子里铺个地板。

他用香蕉叶包米饭作为午餐，带上长刀，去森林里砍竹子。他把米饭包挂在树上，准备饿了再吃。但在他忙着砍竹子时，一只猫偷吃了他的饭。等他饿了去吃饭时，发现什么也不剩了。多格吉回到他破旧的小房子里，此时此刻房子显得更凄凉。但他已经决定要加地板了。

第二天，他又到森林去。还是和上次一样，他把米饭包挂在树上。但是猫又来把米饭吃了，所以他只好又饿着肚子回家。

第三天，他又带了米饭。不过这一次，他在树上设了一个陷阱，等猫过来偷吃时，就抓住了它。

"总算抓住你了！"多格吉大喊道，"竟敢偷吃我的饭，我要杀了你。"

"哦，不要杀我，"猫恳求道，"我会对你有用的。"

于是，多格吉决定留它一命，把它带回家，拴在门口看家。

过了一些时日，多格吉再去看时，惊讶地发现那只猫已经变成了一只公鸡。

"现在我可以去玛格辛高斗鸡了。"多格吉高兴地大喊，斗鸡是他更愿意做的事。

他早把找竹子做地板的事情抛到九霄云外了。他抱着公鸡，立刻出发去玛格辛高。过河的时候，他遇到了一条鳄鱼，鳄鱼问他："你要去哪里，多格吉？"

"去玛格辛高斗鸡。"他一边回答，一边温柔地抚摸着公鸡。

"等等，我和你一起去。"鳄鱼说着，从水里爬了出来。

很快，他们走进一片森林，遇见了一只野鹿，鹿问他们："你要去哪里，多格吉？"

"去玛格辛高斗鸡。"多格吉一边回答，一边温柔地抚摸着公鸡。

"等等，我和你一起去。"鹿也加入了他们。

他们继续往前走，遇上了蚂蚁堆的小土堆。要不是这个小土堆说话了，他们根本注意不到："你要去哪里，多格吉?"

"去玛格辛高斗鸡。"多格吉又回答道。于是小土堆也跟着他们一起上路了。

这支队伍接着赶路，他们离开森林后路过一棵大树，树上有一只猴子。

"你要去哪里，多格吉?"猴子尖叫道。多格吉还未回答，猴子就从树下跳下来，跟着他们。

他们一起往前走去，鳄鱼对多格吉说："要是有人想比赛潜水，我可以比他在水下待更长的时间。"

然后，鹿也不甘示弱，说："要是有人想赛跑，我一定跑得比他快。"

土堆也急于显示实力，说："要是有人想搏斗，我能打败他。"

接着猴子说："要是有人想比赛爬树，我会爬得比他高。"

他们到玛格辛高的时候，人们正准备开始斗鸡。多格吉把那只猫变成的公鸡放进了斗鸡的深坑里，它用猫一般的爪子，立刻斗死了对方的公鸡。

人们带来更多公鸡，下注更多的钱，但多格吉的公鸡总能把对方的鸡斗死。最后，这只公鸡把玛格辛高所有的鸡都斗死了，多格吉赢了一大笔钱。然后，他们到镇子外，挑战所有能找到的公鸡，多格吉的公鸡大获全胜。

　　鸡都死了，人们就想玩些新花样，所以他们找来了一个可以在水下待很久的人。多格吉就让他与鳄鱼比拼。过了一段时间，那个人先钻出了水面。他们又找来一个跑步飞快的人，和鹿赛跑，但被鹿远远抛在后面。接着，他们环顾四周，发现了一个非常高大壮硕的人，他想与土堆搏斗。但一番苦战之后，他还是被土堆甩了出去。

　　最后，他们找到一个人，他可以爬得比谁都高。但可惜猴子爬得比他更高，他只能甘拜下风。

　　所有这些比赛都为多格吉赢得了巨大财富。他不得不买下两匹马来驮装钱币的麻袋。一回到家，他就买下了一个富人的房子，住了进去①。

---

　　① 这个故事反映了基督教化的原住民对廷吉安人的影响。斗鸡是廷吉安人十分喜爱的运动。这个故事只在与基督教化的原住民有接触的廷吉安人之间流传。

第二章

伊哥洛特人

引　言

从廷吉安往东南方向走三四天可以到达伊哥洛特，但一路上崇山峻岭，水流湍急，因此两个部落之间很少往来，彼此敬畏。他们有时会交换盐、武器、罐子等物品，但双方的习俗和信仰不尽相同。每个部落都有自己的生活方式，遵照各自神灵的指引。

从远处看，伊哥洛特的村庄就像是群山间的一群草垛，走近才发现，是铺在房顶上的草垂下来，遮住了房子。

房屋的上层是仓库，下面是厨房。屋子的一头是一间盒子似的小卧室，父母和年幼的孩子睡在里面。等孩子两三岁了，女孩就会睡到集体宿舍里去，男孩则睡在男性公租屋里。

人们在山坡上开垦了壮观的梯田，溪水会顺着水槽和沟渠流进梯田里进行灌溉。在这里，无论男女，都起早贪黑地劳作，种植水稻、红薯和其他他们赖以生存的蔬菜。

住在天上的大神灵鲁马威格是伊哥洛特人的守护神。他会让这里风调雨顺，带来好的收成，并守护人们的健康。人们认为是鲁马威格创造了伊哥洛特人，他甚至曾经和他们一起在人间生活过。

鲁马威格不再亲自去看望他们了，但他们每个月都会举办一场仪式，向他乞求庇佑、健康和丰收。

下面的这些故事都是父母讲给孩子们听的，告诉他们万物是如何产生的。

创世纪

最开始的时候，世界上是没有人的。大神灵鲁马威格①从天上下来，砍了许多芦苇②。他把这些芦苇成对地放在世界的各个角落，并对他们说："你们开口说话吧。"这些芦苇立刻变身成人，世界各地都出现了能够交谈的一男一女，但每一对的语言却不尽相同。

然后，鲁马威格让每一对男女结婚，他们都照做了。不久以后，世界上又出现了许多孩子，同他们的父

————————

① 鲁马威格是神灵之首，住在天上。他曾有一段时间住在邦都的伊哥洛特村，娶了一个邦都姑娘，现在依然能在村里看到他们当时造房子的石头。鲁马威格创造了伊哥洛特人，且十分关心他们，教会他们如何利用大自然的力量，如何种植和收割。事实上，他们认为他们所知道的一切都是鲁马威格教的。人们每个月都会在圣林里为他举行一次仪式。人们认为圣林里的树是从他的后裔的坟墓里长出来的。人们在圣林里祈求健康、丰收和战斗的胜利。伊哥洛特人心目中的鲁马威格与廷吉安人心中的卡波尼岩很像，前者有时也被称为堪布岩。

② 棉兰老岛的布基农人中流传着这样一则故事：天遇大旱，曼珀隆坡的地里只长出了一根竹子。疾风刮过，就连这一根竹子也折断了。折断的竹子里蹦出了一条狗和一个女人，他们是摩洛人的祖先。参见本书故事《白南瓜》，第174页注释①。

母说同样的语言。然后这些孩子再结婚，又有更多孩子。一代一代，世界上的人就这样越来越多。

鲁马威格发现人们还缺乏一些必需的东西，就着手提供给他们。他创造了盐，并让其中一个地方的居民进行提炼，然后卖给邻居。但这些人没有理解大神灵的指示，等到大神灵下一次来看望他们的时候，发现他们根本就没碰过这些盐。

鲁马威格就把盐拿走了，交给美因尼特①的人们。那里的人按照大神灵的指示做了。于是，大神灵告诉他们，他们将永远是盐的主人，其他民族的人想要盐，就必须向他们买。

然后，鲁马威格到了邦都，教人们用黏土做罐子。他们得到了黏土，却不知如何塑形，因此罐子就做失败了。鲁马威格告诉他们，他们以后要用罐子就只能买

---

① 美因尼特村的北部有很多咸水温泉，这里也因为产盐而闻名遐迩。人们在这些温泉的浅溪中放上石头，等它们表面结满盐霜(约每月一次)，就拿出来冲洗，煮沸，将水蒸发。这样就形成了黏稠状的盐块。再放到火边烘烤半个小时左右，就可以用了。这个地区是唯一的盐产区，盐需求量很大，甚至敌对部落也会来买。他们爬到这座村的山上，朝下面大喊，然后将交换用的东西放下来并撤退。伊哥洛特人会拿走交换的物品，同时把盐放在那个地方。

了，接着他把陶器给了沙摩柯人①。沙摩柯人按照鲁马威格说的做了，罐子成形且很漂亮。于是大神灵就让沙摩柯人做了陶器的主人，要他们做很多的罐子来卖。

就这样，人们从鲁马威格那里学会了如何制作现在所拥有的东西。

---

① 沙摩柯的女人因精湛的制陶技艺而远近闻名。她们制作的陶器应用广泛。她们到村子北边的山坡上去挖一种红褐色的黏土，将其与另一个山坡上挖到的蓝色矿物充分混合，然后将黏土放在地上的板子上，制陶的人跪在前面就开始塑形了。要想把容器塑成理想的形状需要极大的耐心和精湛的技艺。完成之后得放在阳光下晒上两三天，然后就可以烘烤了。妇女们将新制的陶器在地上层层摞起来，盖上草束。之后，再在下面和周围放上松树皮烘烧一个小时左右。陶器经过充分的烘烧，会有一层闪光的釉彩，这样就可以出售了。

洪水的故事

从前，地球上一马平川，没有山川起伏，只住着大神灵鲁马威格的两个儿子。两兄弟喜爱打猎。但是没有山川，他们无处打猎。

哥哥说："我们让水流遍全世界，淹没地面，这样山川就会升起来了①。"

于是他们就让水在地上到处流淌，等到地面被淹之后，他们把镇上装人头的篮子②拿来设了一个陷阱。等兄弟俩去看陷阱的时候，发现不仅抓住了很多野猪和鹿，还抓住了很多人，他们非常高兴。

鲁马威格从天上往下看，看到儿子们水淹大地，全世界只有一个地方幸免于难。所有人都被淹死了，只剩下住在珀基斯的一对兄妹。

于是鲁马威格从天上下来，对那对兄妹说："你们还

---

① 几乎所有民族的神话传说中都有一个有关洪水的故事。廷吉安人的洪水故事请参见第95页的注释。布基农人的洪水故事请参见第113页。

② 在庆祝活动举行之前，竹篮用来盛放砍下的敌人的头颅。

活着啊。"

"是的，"男孩回答，"我们还活着，但是太冷了。"

所以鲁马威格吩咐他的狗和鹿去给这对兄妹取火①。狗和鹿飞快地游走了，但鲁马威格等了很久也没见它们回来，这对兄妹感觉越来越冷了。

最后鲁马威格只能亲自去追狗和鹿，等追上了它们，他说："让你们送点火去珀基斯，怎么用了这么久？我看着你们，准备好，快点去。那兄妹俩要冻坏了。"

于是，狗和鹿拿着火，开始在洪水里游泳，但是只游了一小段距离，火就熄灭了。

鲁马威格让它们多带点火，它们照做了。但还是只游了一小会儿，鹿取的火就又熄灭了，要不是鲁马威格赶紧过去接住，狗取的火也差点灭了。

鲁马威格一到珀基斯，就给兄妹俩生了一个大火堆。原本淹没大地的洪水慢慢地退去了，世界又显露出原本的样貌，但多了些山脉。兄妹俩结婚生子，渐渐地，世界上就又有了很多人。

---

① 各个国家的民间传说中都有关于取火的故事。在廷吉安人的传说中，卡波尼岩发洪水淹没了所有的陆地，火无处可去，就躲进竹子、石头和铁里面。这就是人们知道利用竹子和石头可以取火的原因。

下凡的鲁马威格

一天，大神灵鲁马威格从天上往下看，看见两姐妹在采豆子，于是决定下凡去看望她们。到了地上，他问两姐妹在做什么。妹妹芙坎回答说："我们在采豆子，但是得费些时日才能采完，姐姐总是想着去洗澡。"

于是，鲁马威格对姐姐说："给我一个豆荚。"

姐姐把豆荚给他，他把豆荚去壳，放进篮子里，篮子里立刻装满了豆子[①]。妹妹看了哈哈大笑，鲁马威格对她说："再给我一个豆荚和篮子。"

妹妹也照做了，他把豆荚去壳，放进篮子里，篮子立刻也满了。然后，他对妹妹说："回家拿三个篮子过来。"

于是，芙坎回家找母亲要三个篮子。母亲说豆子不多，不需要那么多篮子。然后芙坎告诉她有个年轻小伙可以用一个豆荚填满整个篮子。父亲听到这话，说："去把那年轻人带来，我觉得他一定是神。"

---

① 在廷吉安人的民间传说中，经常出现用魔法让食物增多的桥段。

芙坎带了三个篮子给鲁马威格，他把这三个篮子装满之后，送女孩们回家。到了家门口，鲁马威格停下来歇息。可是，女孩们的父亲请他进屋，于是他进了屋子，要了口水喝。女孩们的父亲给了他满满一椰子壳的水。鲁马威格在喝之前，看了一下，说："如果我和你们一块儿待在这里，我会变得非常强大。"

第二天一早，鲁马威格想去看看他们的鸡，他们打开鸡舍的门，母鸡带着许多小鸡跑了出来。"你们的鸡都在这儿？"鲁马威格问。女孩的父亲说是的。然后，鲁马威格让人拿来米饭，亲自去喂给这些鸡吃。小鸡们吃了之后，迅速长大了。

接着，鲁马威格问他们有多少头猪，女孩们的父亲回答说，他们有一头母猪和一群小猪。鲁马威格让他们拿来一桶番薯叶，他亲自去喂猪。猪吃了之后，也迅速长大了。

女孩们的父亲非常高兴，他提出将姐姐嫁给鲁马威格为妻，但是鲁马威格说他想娶妹妹，于是婚礼就安排下去了。鲁马威格未婚妻芙坎的弟弟知道鲁马威格要办婚宴之后，非常生气，说："你去哪儿找食物来办婚礼？米、牛、猪、鸡，通通都没有。"

鲁马威格回答道："我会准备好婚礼食物的。"

早上，大家都出发去拉瑙了，因为鲁马威格不想在家和芙坎的弟弟单独待着。他们一到拉瑙，鲁马威格就让大伙儿去找些树枝。但是他们找回来的树枝都太小了，于是鲁马威格只好亲自去树林里砍了两棵大松树，抛回拉瑙。

人们用树枝生完火堆后，鲁马威格让大家找来十个水壶，并盛满水。不一会儿，水烧开了，芙坎的弟弟嗤笑道："你的米呢？你倒是把水烧好了，可是米从哪儿来？"

鲁马威格没有说话，他拿了一小篮子大米，分在五个水壶中，水壶顿时就装满了大米。然后，他喊了一句"噫嘶嗒啾"，就有几头鹿从森林里跑了出来。但是他不想要鹿，于是他又喊了一遍，这次跑出来一些猪。他让每个人去抓一头，芙坎的弟弟看准了一头最大最壮的。

大家都跑去抓野猪，别人都很快抓住了他们看中的那头，可唯独芙坎的弟弟跑得又累又热还是没抓到。鲁马威格嘲笑他说："你把猪都追瘦了也抓不到，别人都抓到了。"

说着，他一把抓住了那头猪的后腿，将它提了起来。所有的人都哈哈大笑，芙坎的弟弟不服气地说："因为我已经把它追累了，你当然能抓到了。"

鲁马威格把猪递给他，说："给，拿着。"但是他刚一扛到肩膀上，猪就逃脱了。

"你怎么让猪跑了？"鲁马威格问，"就算我替你抓住了它，你还是一点不上心是吧？你去把它抓回来，带到这里来。"

　　于是，芙坎的弟弟又跑出去抓猪了。他沿着溪流上上下下，奋力追赶，还是抓不住。最后还是鲁马威格将猪抓住，带去给其他人做饭。

　　等大伙儿吃饱喝足，向神灵们献过礼之后，鲁马威格说："来吧，我们一起去山上，为北方部落求一签。"

　　可是他们求到的不是好签。在他们准备动身回去的时候，大家又渴又热，芙坎的弟弟要鲁马威格变出一些水来。

　　"你为什么不变出一些水给大家喝，鲁马威格？"他不停地说，鲁马威格却没有理睬他。"你根本不在乎大家渴了要喝水的事情。"然后他们非常气愤地吵起来。鲁马威格对大家说："我们坐下来歇会儿吧！"

　　他们休息的时候，鲁马威格用长矛敲击岩石，水就从岩石缝里冒出来了①。芙坎的弟弟第一个跳起米跑过去喝水，但是鲁马威格拦住了他，说他得最后一个喝。等大家都喝好了，芙坎的弟弟站了起来，可鲁马威格推了他一把，把他推进了岩石里，水从他的身上流了出来。

　　"你处处给我添麻烦，"鲁马威格说，"你必须待在那里。"大家把芙坎的弟弟留在岩石里，就回家了。

————————

　　① 鲁马威格敲击岩石就有水流出来的这个情节与《圣经》中摩西的故事十分相似，因此该情节有可能是在天主教传教士到来后加进去的。

过了一段时间，鲁马威格决定回到天上住，但在走之前，他觉得该让妻子有个家。于是他造了一口木棺材①，把妻子放在里面，又在她的脚边放了一条狗，在她的头边放了一只公鸡。

他让棺材浮在水面上②，要求它一路不停，直至漂到廷拉因。要是脚先到岸，狗就会吠；要是头先到岸，鸡就会啼。于是，棺材就漂走了，最后抵达了廷拉因。

这时，一个鳏夫正在河边磨他的斧头，他看到河上浮着一口棺材，就把它捞到岸上。

他正要打开棺木，芙坎喊道："不要砍坏棺木，有人在里面。"

于是，鳏夫小心翼翼地打开棺木，把芙坎带回镇上。他正好没有老婆，就娶了芙坎为妻。

---

① 在伊哥洛特村常常可以发现一口或几口新棺材。人们将一截圆木纵向劈开，把每一半掏空做成了棺材。做好一个棺材需要一些时日，因此需要提前准备好。尸体放进去后，盖好盖子，用藤条捆好，并用泥土和石灰将缝隙填实密封。

② 棉兰老岛南部的库拉曼人有类似的习俗。一个重要的人去世后会被放在一个类似小船的棺材里。然后棺材会被固定在近海的高杆上。

第一个头颅是如何被砍掉的[①]

有一天，月亮（名为卡比盖特）在院子里做一个大铜壶。铜泥像黏土一样软，她蹲在地上，膝盖顶着重重的壶，拍打塑形[②]。她正忙的时候，太阳（名为查尔查尔）的儿子过来看她制壶。她在壶里面顶了一块石头，在外部用木桨和水拍拍打打，直到凸起的部分变得平整光滑。

壶渐渐变得更大、更漂亮，也更光滑。男孩觉得十分有趣，驻足观察了很久。突然，月亮抬起头来看到了他，她立刻挥起木桨，将他的头砍了下来。

此时太阳不在附近，但是月亮刚一砍下他儿子的头，他就知道了。他赶了过来，把儿子的头接了回去，

---

① 这个故事最早是由A.E.詹克斯博士记录的，解释了伊哥洛特人砍头习俗的起源。这个习俗对伊哥洛特人来说非常重要。他们声称自鲁马威格下凡并教会他们战斗起，他们就会砍头了。他们认为砍头使他们变得英勇而富有男子气概。若是从战场凯旋，人们就会举行一场盛大的庆祝活动。

② 和制陶的手法类似。

让儿子起死复生。

　　然后，太阳对月亮说："你砍了我儿子的头，从此以后，地球上的人都会以砍掉敌人的头颅为荣的。"

蛇 鹫①

从前，有两个男孩，他们的母亲每天派他们去森林里砍木柴②回家生火用。每天早晨他们出发的时候，母亲都会给他们带一些食物在路上吃，但量总是很少，母亲说："你们昨天带回来的木柴太少了，今天只能给你们吃这么多。"

兄弟俩很努力地讨好母亲，但就算他们带回来很好的松木，母亲还是会骂他们。要是他们带回来很大的干芦苇，她又会说："这些都不适合生火，会弄得房间里到处都是灰。"

孩子们无论如何努力，都没法讨好母亲。他们整日辛苦劳作，却总是挨饿，因此变得非常瘦弱。

有一天早晨，他们又出发去山上，母亲只给了他们

---

① 这则故事是由A.E.詹克斯博士记录的。它具有双重价值：一来教育孩子们不要吝啬，二来也解释了蛇鹫的由来。

② 伊哥洛特的大部分地区都没有丛林。山上长满白茅，零星长着一些松树。树的顶部枝叶茂密，而下面的树枝全被砍去做燃料了，远远看去十分奇怪。

一点喂狗的碎肉，孩子们非常难过。到了森林，哥哥说："你在这里等着，我去树上砍一些树枝。"

他爬到树上，朝下面喊道："这有木柴。"然后他胳膊的骨头就掉在了地上。

"啊，"他的弟弟惊叫起来，"这是你的胳膊！"

"还有一些木柴。"他说着，另一只胳膊的骨头也掉在了地上。

然后，他又喊了一声，他的腿骨掉了下来，接着另外一条腿骨也掉了下来。最后，他身上所有的骨头都掉在了地上。

"把这些带回家，"他说，"告诉那个女人，这就是她要的木柴，她要的不过是我的骨头。"

弟弟非常难过，现在只剩他一个人了，也没人陪他下山。他一边把骨头捆起来，一边在想该怎么做。刚捆完，树顶有一只蛇鹫冲他喊道："我和你一起走，弟弟。"

于是，弟弟背起那捆骨头下山了。而他的哥哥，就变成了那只蛇鹫，在他的头顶飞着。弟弟到家后，把骨头放下，对母亲说："这是你要的木柴。"

母亲看到这些骨头，吓坏了，跑出了家门。

蛇鹫在她的头顶上不停地盘旋，并喊道："我再也不需要你的食物了。"

有文身的人①

    从前，有两个年轻人，他们是好朋友，但都很不开心，因为他们身上都没有文身②，他们觉得自己没有其他人好看。

    一天，他们同意互相为对方文身。其中一个在另一个人的胸部、背部、胳膊、腿，甚至脸上都文了图案。文完之后，他从锅底刮了一些灰下来，揉在那些图案里，他文得很漂亮。

    做完后，他对另外 个人说："朋友，你很好看，现在该你给我文了。"

    于是，那个文好的人从锅底刮了一大堆黑色的烟灰，没等对方明白他想做什么，他就把对方从头到脚都

---

    ① 这则故事最早是由A.E.詹克斯博士记录的。

    ② 文身是很痛的。但伊哥洛特的男女老少们为了好看都心甘情愿地承受痛苦。要文身，首先得用烟灰水在皮肤上画出轮廓，再顺着轮廓刺穿皮肤，让烟灰水流进伤口里。人们会在脸部、胳膊、肚子以及身体的各个部位文上不同的图案。但其中最重要的是，男人们会在胸口上文身，这表明他至少成功砍下过一个人头，这样就会得到部落其他人的尊敬。

抹上了灰，弄得对方全身漆黑，满身油腻。被抹的人十分生气，叫道："我那么仔细地给你文身，你为什么这么对我？"

他们打了起来，突然那个有着精美文身的人变成一只大蜥蜴，逃进了高高的草丛里躲了起来。而那个满身都是灰的人变成了乌鸦，从村庄上空飞走了①。

①这个故事也解释了蜥蜴和乌鸦的来源，它们在伊哥洛特都是很常见的动物。

食米鸟提林①

一天，母亲正在舂米煮晚饭，小女儿跑到她面前大喊："哦，妈妈，给我一些生米吃。"

"不，"母亲说，"不能吃生米，等煮熟了才可以吃。"

但小女孩坚持要，母亲失去耐心，吼道："安静些，话太多不好!"

母亲舂完米，将米倒进扬谷器里，吹了很多次。稻壳去除干净后，她把米放到篮子里，用扬谷器盖上。然后，头顶着罐了去汲水。

小女孩平时很爱跟着母亲去泉边，她喜欢在母亲汲水的时候，跑到清凉的泉水中玩耍。但是，这一次她没去。母亲一走远，她就跑到篮子边抓了一把米。但盖子一滑，她摔倒了，被盖在了篮子里。

母亲回到家，听到小鸟在叫："嘤，嘤，嘤!"她仔

———————

① 这则故事最早是由 A.E.詹克斯博士记录的。它解释了食米鸟的起源，并告诫孩子们，不听话的小孩将受到惩罚。

细一听，发现声音是从篮子里面传来的，她打开盖子，一只棕色的食米鸟跳了出来，把她吓了一跳。食米鸟一边叫着一边飞走了："再见，妈妈。再见，妈妈。你不用再给我米饭吃了。"

he Wild Tribes of Mindana
he Wild Tribes of Mindana
he Wild Tribes of Mindana
he Wild Tribes of Mindana

第三章
棉兰老岛上的
原始部落

he Wild Tribes of Mindana
he Wild Tribes of Mindana
he Wild Tribes of Mindana
he Wild Tribes of Mindana
he Wild Tribes of Mindana
he Wild Tribes of Mindana
he Wild Tribes of Mindana
he Wild Tribes of Mindana

引　言

在廷吉安和伊哥洛特的东南方约一千英里处就是棉兰老岛。这里住着的一些民众和神灵是不为北方的山地部落所熟知的。

在这座大岛的北部地区，住着布基农人——他们生性机警，而且相对闭塞，经常受到摩洛人和马诺博人的双重夹击。因此他们渐渐地退到山上，住在零星分布的小屋里。他们的房屋很简陋，而且建得很高，有的甚至建在树上。但是，隐蔽的住所使他们免受了很多攻击。

他们不是好战的民族，他们最关注的是让注视着他们一举一动的无数神灵保佑他们。他们有时会从山上或者溪流边采一些麻类植物和咖啡豆，然后带到海边，用于交换一些色彩鲜艳的布料，把它们做成艳丽的衣服。但他们不喜欢工作，大部分时间都用来休息或是参加祭祀神灵的仪式。

在这个部落里，人们相信石头、巴利提树、藤蔓、悬崖甚至岩洞里都住着神灵。所有人在出远门或者去山坡上开荒之前，都会祈求神灵不要动怒，并保佑自己一切顺利，好运加持，土地有好的收成。

其中最大的神是提华多·马格巴巴亚，人人都敬畏他，只敢小声提到他。他住在天上，屋子是用金币建造的，没有窗户，因为要是有人看他一眼，这个人就会立刻化为水。

在岛屿南部的达沃湾生活着一些小部落，每个部落的风俗信仰都各不相同。在这些部落中，影响力最大的是巴戈博部落。他们住在菲律宾的最高峰阿波火山的低处。他们非常勤劳，打造极好的刀具，铸造精致的铜器，还把漂亮的麻布料制成精美的衣服，并钉上珠子和贝壳。

那里的人都是骁勇善战的武士，每个人的地位是根据他们所猎杀的人数而定的。杀人的战绩达到六人的勇士才有资格穿深红色的衣服，戴特制的头巾。虽然他们英勇善战，但是对于统治着自己的无数神灵，依然心存敬畏。

在阿波火山的一侧有一条巨大的裂缝，浓烟不时喷薄而出。人们认为曼达兰和他的妻子达拉戈就住在这条裂缝里——他们是掌管着武士命运的邪恶神灵。人人都怕他们，用供品来讨好他们，而且每年都要献祭一个活人给他们。

接下来的故事展现了这些人以及棉兰老岛附近部落的一些信仰。

月亮和星星是如何形成的

（布基农人）

以前，天和地离得很近。有一天，一个老姑娘去舂米①。开始之前，她先取下脖子上的珠链和头上的梳子，把它们挂在天上。那时候的天空看上去就像珊瑚礁一样。

然后她就开始工作了。每一次她举起碾槌，都会碰到天。她捣了一会儿，然后把碾槌举得很高，碾槌就直直地往天上戳。

天空立刻开始升高②，高到她都拿不到她的项链和梳子。就这样，梳子变成了月亮，珠子变成了散落在天空中的星星，天再也没有下来。

---

① 舂米的常规方法是将一捆水稻放在地上的干水牛皮上，用碾槌捣，直到谷穗跟稻杆分离。再将谷穗放进杵臼里继续捣，直到谷粒与谷壳分开，然后再把谷糠筛去。

② 根据婆罗洲神话，天空上升是因为一个叫尤赛的巨人在舂米的时候不小心用木槌撞向了天空。参见豪斯和麦克杜格尔的《婆罗洲的异教部落》第二卷，第142页(Hose, Charles and William McDougall. *Pagan Tribes of Borneo*, Vol. 2. London: Macmillan and Co., Limited, 1912: 142.)。

洪水的故事

（布基农人）

很久以前，一只巨大的螃蟹①爬进了大海里。它一进去，就把海里的水挤了出来，导致海水在陆地上到处蔓延。

大概距此一个月前，一位智者告诉人们得造一艘大木筏②。他们按照智者说的做了，砍了许多大树，建了一艘三层的大木筏。他们把树木紧紧地绑在一起，再用一根长长的藤条把木筏绑在一根大柱了上。

不久之后洪水来了。水从山上倾泻而下，海平面升高，连最高的山峰也被淹没了。无数人被淹死了，但那些待在木筏上的人什么事也没有。

---

① 在马来群岛也广泛流传着类似的传说：一只巨大的螃蟹引起了潮汐，水流遍了马来西亚。巴拉望的巴塔克人，以及棉兰老岛东部的曼达亚人，现在依然相信潮汐是由一只巨大的螃蟹在海里的洞穴中进进出出造成的。

② 这个故事和《圣经》中洪水的故事非常相似，因此我们有理由猜测它源于附近的基督教徒或者伊斯兰教徒。布基农人在其中加入了自己的想法。但是，这个故事经过这样的改编之后，我们很难再说它是受基督教的影响。

当洪水退去后，木筏又回到了地上，而且离他们的家乡很近，因为藤条一直绑着，木筏并未漂走。

这些人是地球上仅存的人了。

马格班高^①

（布基农人）

　　马格班高是一名优秀的猎手，他经常到大山里去抓野猪。快到播种季节的一天晚上，他坐在家中思考了很长时间，然后把妻子叫了过来，对她说："明天我要到山上去，开垦一片荒地用来播种，但我希望你留在家里。"

　　"哦，让我跟你一块去吧，"他的妻子央求道，"否则你就没有伴了。"

　　"不，"马格班高说，"找想一个人去，你得留在家里。"

---

　　① 对布基农人来说，马格班高星座是非常重要的星座。这则神话故事解释了它的成因。马格班高星座在天上的形状很像一把勺，勺柄是由他那只剩下的手臂化成的。在马格班高星座西面和正上方是一个几乎成 V 形的星，人们认为那是他杀死的一头猪的下巴。再往西边去的星座是他狩猎的山谷。据说凌晨出现的、像是跟在马格班高星座后面的三组星星分别是他的斧头、他用来盛水的竹管和他的宠物大蜥蜴化成的。当这些星星出现在天上时，人们会根据它们的出现时间和位置判断出开垦土地种植作物的时间。这些知识对人们来说至关重要，所以他们觉得马格班高于他们有大恩。

最后他的妻子妥协了。第二天一早她就开始帮他准备食物。她把米饭和鱼都做好了，叫丈夫过来吃，但他却说："不，我不想现在吃，下午回来的时候你再弄给我吃。"

然后，他拿上十把短柄小斧和大刀，还有一块磨刀石和一根盛水的竹管就向山里走去。到了地里，他砍了几棵小树做了一张长凳。做好之后，他就坐下来对着大刀说："大刀，你们自己在磨刀石上磨快些。"大刀们就走到磨刀石那儿，自己磨了起来。然后他又对斧头说："斧头，你们也把自己磨快些。"于是斧头们也自己磨了起来。

当所有的准备工作都完成之后，他说："现在，大刀们去砍树下的灌木丛，斧头们去砍大树。"于是大刀和斧子都开始工作起来，而马格班高则坐在长凳上看着他的土地渐渐地被开垦出来。

马格班高的妻子正在家里织一条裙子，听到树木接二连三倒下的声音后，她停下来听了一会儿，心想："我的丈夫一定找了很多人帮他。他离开家的时候可是一个人，一个人可没办法砍得这么快。我得去看看是谁在帮他的忙。"

她离开家匆匆地向地里走去。但当快走到的时候，她的步伐却慢了下来，最后她躲在了一棵树的后面。从她躲藏的地方，可以看到她的丈夫在长凳上睡觉，而那些大刀和斧子没有人拿着却自动砍起树来。

"哦,"她说,"马格班高真厉害。我从没见过刀斧可以自动工作,他从没跟我提起过他有这种能力。"

突然,她看到丈夫跳了起来,拿起一把大刀,砍下了自己的一只胳膊。马格班高醒了,坐起来说道:"我的一只胳膊被砍掉了,一定是有人在看我。"

当他看到妻子时,知道正是她导致他失去了一只胳膊。一起回家的路上,他对妻子说:"现在我得走了。我还是回到天上去吧,去指引人们什么时候该播种。你得变成一条鱼到河里去。"

不久,他就回到了天上,变成了马格班高星座。从那以后,每当人们看到这些星星在天上出现,就知道是时候该播种水稻了。

孩子们是如何变成猴子的

（布基农人）

有一天，一位母亲带着她的两个孩子去染布。在她家不远处有一个泥潭①，水牛喜欢在里面打滚。她带着布、几个染锅和两把贝壳勺子来到泥潭边。

她先将布浸入泥浆，使其浸满黑色的泥浆，接着她生火将染锅放在火上煮，锅里加上水和用来做染料的叶子。然后她就坐下来等水开，而两个孩子在附近玩耍。

她时不时地用贝壳勺子搅动树叶。锅里有一些水溅了出来，烫到了她的手，她大叫着跳开了。孩子们觉得很有趣，于是大笑起来。突然，他们都变成了猴子，那两根勺子则变成了他们的尾巴②。

因为当猴子还是孩子的时候，帮助母亲染过布，所以他们的指甲也是黑色的。

---

① 人们将布料染成各种颜色。方法是将它们浸在各种叶子和树根的水里熬煮。但如果要染蓝黑布料的话，人们会把布半浸在泥浆里，直到它们染上这种颜色。

② 猴子在菲律宾随处可见。由于它们与人类的长相和行为十分相似，因此各个部落都试图将它们的起源归于人类。这则故事解释了布基农人所认为的猴子最有可能的起源。

布拉纳旺和阿盖尔

（布基农人）

　　兰格纳和妻子有一对双胞胎儿子，分别叫布拉纳旺和阿盖尔。当他们长到大约两岁的时候，有一天母亲带着布拉纳旺去地里摘棉花。她把前一天摘的棉花摊在旁边的地上晾晒，然后去摘更多的棉花。就在此时，一阵大风吹来，用棉花把孩子包起来并带走了，一直到很远的地方，大风才把孩子放下。自此以后，布拉纳旺就在那里长大成人，成了一名英勇善战的武士①。

　　有　天，布拉纳旺和妻子沿着海岸散步，走累了便在一块平坦的大石头上坐下来休息，布拉纳旺很快睡着了。布拉纳旺的双胞胎兄弟阿盖尔现在也长成了一名勇士。他千里迢迢地到达这片土地，但他并不知道自己的兄弟在这里。很巧的是，那天他穿着盔甲②也在岸边走。

---

　　① 这个故事讲述了远古时代的传奇英雄。他们英勇的行为至今仍被布基农的武士传诵着。

　　② 配有很厚衬垫的麻布外套和苏格兰短裙，用来抵挡标枪的攻击。麻布外套的肩膀上有一条肩带。

当他看到坐在大石头上的女人的时候，立即倾慕于她的美貌，于是决定把她偷走。

他走上前去，问她要她丈夫的槟榔嚼嚼，可她拒绝了。于是他想跟她的丈夫一决高下，但他并不知道她的丈夫正是自己的兄弟。妻子将布拉纳旺叫醒，布拉纳旺马上站起身来，抓住妻子，把她放进自己的袖口，摆好架势，准备和阿盖尔好好地决斗。阿盖尔非常生气，他们打了很久，武器都打断了，脚下的土地也在颤抖。

正打着，两个人各自的朋友在遥远的地方感觉到土地在震动，他们都担心自己的兄弟遇到了麻烦。于是一个从山里立刻冲到海边，另外一个也很快从很远的地方坐船到了出事地点。

他们同时到达出事地点，并立刻加入战斗。现在土地震动得更厉害了，阿盖尔和布拉纳旺的父亲兰格纳也找到了这里。他希望能化干戈为玉帛，但他把事情弄得更糟，所有人都开始围攻他一人。土地震动得更强烈了，就像马上要四分五裂了似的。

后来兰格纳的父亲来了，平息了此事。他们和好以后才发现原来阿盖尔和布拉纳旺是两兄弟，并且是调解人的孙子。

起　源

（巴戈博人）

最开始的时候，地球上只生活着一个男人和一个女人，托格莱和托格里邦。他们最初生了一个男孩一个女孩。孩子们长大以后，就漂洋过海去寻找合适的地方居住。后来一直杳无音讯，直到他们的孩子成为西班牙人和美洲人回来。第一个男孩和第一个女孩走后，这对夫妇又生了其他的孩子。这些孩子都和父母一起留在阿波火山的西波栏，直到托格莱和托格里邦死后变成了神灵。

不久之后，当地发生了一场大旱灾，持续了三年之久。所有的水都蒸发殆尽了，河流也干涸消失了。所有的农作物也无一幸免。

"一定是，"孩子们说，"马纳马在惩罚我们。我们必须到别的地方去寻找食物和住所。"

于是众人就出发了。有两个孩子（一男一女）朝着落日的方向走，身上带着从西波栏河里取来的一些石头。长途跋涉后他们来到一处长着大片白茅草的地方，这里水源充足。于是他们就把家安在了那里。他们的孩子也世代生活在那里。由于这对夫妇离开西波栏时带走的是石头，所以他们被称作马基达瑙人。

有两个孩子（一男一女）则往南走，去寻找他们的家园。他们随身带着女人的篮子。他们找到了一处好地方并定居了下来。他们的后代也住在那个地方。因为他们出发时带着女人的篮子，因此被称为巴兰人或者比兰人。

就这样，托格莱和托格里邦的孩子们一对对地离开了他们的出生地。他们安顿下来的地方又都繁衍出一大群人。后来世界上的所有部落都根据他们从西波栏带出去的东西，或者是他们住下来的地方而命名。

所有的孩子都离开了阿波火山，除了两个孩子（一男一女）。这两个孩子又饥又渴，因为身体太虚弱而无法旅行。垂死的时候，男孩爬到地里，想看看那里有什么东西可以吃。他找到了一棵甘蔗树。他非常吃惊，急忙把它砍下来，甘甜的汁液滋养着他和妹妹，一直到雨水来临。正因为如此，他们的孩子被称为巴戈博人①。

---

① 这则故事很好地展现了人们在某个时期所处的环境。几乎所有人都认为自己是人类的始祖，巴戈博人也不例外。在这个很古老的故事里，他们描述了自己和邻居的起源，接着为了现实的需要，他们在故事中加入了他们认识不超过两百年的白种人。

起　源

鲁马贝特

（巴戈博人）

在地球上出现人类后不久，有一个叫鲁马贝特的孩子出生了，他出生第一天就会说话。鲁马贝特活了很久，非常长寿。他一生中做了许多令人赞叹的事情，人们相信他是最大的神灵马纳马派来的。

在鲁马贝特还是个年轻人的时候，他养了一条狗。他最喜欢带着狗到山里打猎。有一天，狗发现了一只白鹿。鲁马贝特和他的同伴开始追赶白鹿，但是这只鹿实在是太敏捷了，他们怎么都抓不到。他们不停地追，直至跑遍了全世界，依然追不上。他的同伴一个接一个地放弃了，但鲁马贝特不愿放弃，他决心要追到那只鹿。

他每一次都只带一根香蕉和一个红薯作为食物。每天晚上，他都会把吃完的皮种在地里，第二天一早就会长出一棵长满香蕉的香蕉树和一个足够他吃的大红薯。所以他才能一直坚持着不放弃，绕着地球追了九圈，直到变成一个白发苍苍的老人。最后他抓住了这只鹿，并设宴款待了所有人，向人们展示他的猎物。

当众人喝得正欢时，鲁马贝特叫他们用刀子杀死他的父亲。人们惊讶极了，但还是照他说的做了。老人死后，鲁马贝特用头巾在他身上挥了挥，他就又活了过来。他们按照鲁马贝特的要求一共将老人杀死了八次，每杀一次就从老人身上割下一些肉，到第八次的时候老人变得像个小男孩一样小。人们都惊叹于鲁马贝特的力量，于是纷纷相信他是神。

一天早上，几个神灵来找鲁马贝特聊天。他们走后，鲁马贝特让人们都到他的屋子里去。

"我们不能进去，"人们说，"你的房子太小，我们人太多了。"

"我的屋子大得很。"他说。于是人们都走了进去，惊讶地发现里面并不拥挤。

接着，鲁马贝特告诉人们他要去长途旅行，所有相信他有超能力的人都可以和他一起走，而那些留下来的人将会变成动物和布索①。鲁马贝特出发了，很多人跟着他，就像他说的一样，那些拒绝离开的人立刻变成了动物和布索。

---

① 残害人类的邪恶神灵。他们长相丑陋，看到东西就吃，甚至连死人也不放过。一个年轻的巴戈博人是这么描述他想象中的布索的："他身体很长，脚和脖子也很长，头发卷曲，黑脸塌鼻子，有一只红色或黄色的巨眼。他的手脚粗大，但胳膊却很细，还有两颗又长又尖的牙齿。他们像狗一样四处吃东西，甚至吃死人。"

他带领人们长途跋涉，漂洋过海，来到一个天地相接的地方。他们一到，就发现天空就像人的嘴巴一样，一开一合。

"天空，你必须升上去。"鲁马贝特命令道。

但是天空拒绝听从他的命令。这样一来人们就无法通过。最后鲁马贝特向天空许诺说，如果让其他所有人通过，他可以吃掉最后一个人。天空同意了，于是张开让人们都走了进去。但是快到最后一个人的时候，天空猛地合上了，他不止抓住了最后一个人，还把前面一个带着的长刀的人也抓住了。

那天，鲁马贝特的儿子正在打猎，他不知道父亲到天上去了。当他追猎物追到疲倦的时候，他就想到父亲那里去。于是他把箭靠在一棵巴利提树上，然后坐在箭上。慢慢地箭开始向下，并将他带到了父亲那里。但当他到达那里时，却发现空无人烟。他找呀找，什么东西也没找到，除了一支金枪①。他伤心欲绝，手足无措。后来，房子里有几只白蜜蜂告诉他："你不要哭，我们会带你到天上去找你爸爸。"

他按照白蜜蜂说的话做，骑上了那支枪。蜜蜂们跟在他周围，三天后他们就到了天上。

那些跟随鲁马贝特的人中，虽然大部分人都在天上

———————

① 显然故事讲述者在这个古老的故事中引进了现代观念。

过得很惬意，但其中却有一个人郁郁寡欢，他一直看着下面的土地，并恳求神灵让他回家。于是神灵用卡兰草的叶子编成绳索绑在他的腿上，然后把他头朝下慢慢地放了下去。当他到达地面的时候，他已经不再是个人，而成了一只猫头鹰①。

---

① 我们经常能见到一个传说中会附加一个关于起源的故事，而两者在逻辑上一般毫无联系。

创世纪①

（比兰人）

在开始的时候，地球上住着一位巨人，名叫美鲁②，他比任何已知的东西都要大。他住在云上。当他坐在云上时，他的身体就占据了整个天空。他的牙齿是纯金的，而且他非常爱干净，经常用手擦洗身体，因此他的皮肤变得非常白。从身上搓下来的死皮被他放在一边，渐渐地堆积如山，这让他烦恼不堪，于是他决定想办法处理掉它们。

最后，美鲁决定造一个地球。他努力工作，将这些死皮塑成他想要的形状。完工时，他对成品十分满意，决定再捏两个跟他一模一样的人住在上面，当然这两个人要比他小。

他将剩下的死皮捏了两个人，除了鼻子之外其他部

---

① 这个故事在比兰家喻户晓，并与《圣经》中的故事有很多相似之处，这说明比兰人深受基督教的影响。

② 他是神灵之首，人们遇到危险时经常向他求助。

分都完成了。就在这时陶达鲁·塔纳从地下爬了上来，想帮助他。

可美鲁不想要任何人的帮助。他们经过一番激烈争论，陶达鲁最终获准造鼻子。他将人的鼻子朝上放置，于是两个人就最终被捏好了。接着，美鲁和陶达鲁使劲鞭打这两个人偶，直到他们会走路。然后美鲁就回到了他天上的家里，而陶达鲁则回到他地底下的家里。

一切都很顺利。直到有一天，天降大雨，雨水从人的头上直接进入了鼻子，地面的两个人几乎都快被淹死了。美鲁在云上看到了这危险的一幕，立即赶到人间，将人的鼻子倒置过来朝下，才救了他们一命。

两个人很感激他，承诺只要美鲁开口，就会为他做任何事情。在美鲁离开人间回天上之前，两个人向他诉苦说，自己住在这个巨大的地球上非常不开心，很孤独。于是美鲁告诉这两个人，将头发和身上的死皮保存下来，下次他来的时候会为他们造一些同伴。就这样，地球上多了很多人。

初始时期

（比兰人）

最早的时候，地球上只有四个人①。他们住在一个帽子那么点儿大的小岛上。岛上除了这四个人和一只鸟②之外，寸草不生，也没有其他的生物。有一天，他们派这只鸟飞过大海，去看看能发现些什么。鸟回来的时候，带回来一些泥土、一根藤条和几个水果。

美鲁是四个人中最厉害的。他捧起土，将它捏出形状，然后用木板拍打，就跟女人们用泥土制陶一样，做好后就是土地了。接着，他把水果的籽种到土地上，这些籽很快就长成了许多藤条和硕果累累的树。

四人一直关注着树木的生长，并为此杰作感到开心。但是最后美鲁说："如果地球上没有人，要这些藤条、水果又有什么用呢？"

① 美鲁、费威、迪瓦他和萨威。
② 布斯威鸟。

于是其他人说："我们用蜂蜡造些人出来吧。"

于是他们取了些蜂蜡，把它揉成长条，再捏成人形。可当他们把捏好的人形拿到火上烤的时候，蜂蜡融化了，于是他们知道用这种方法造不出人。

接着，他们又决定用尘土造人。美鲁和一个同伴着手做了起来。一切都进行得很顺利，直到他们要做鼻子时，同伴将鼻子倒置了。美鲁告诉他这样不行，这些人会被呛死的，可同伴拒绝修改。

当美鲁的同伴转过身时，美鲁把这些鼻子又一个个地翻转过来。可是美鲁做得太匆忙了，手指不小心在鼻根处按了一下，于是就在那松软的泥土上留下了一个印记，现在你仍然可以在人们的脸上看到这个印记。

利莫空的孩子①

（曼达亚人）

很久以前，地球上还没有人类，但生活着利莫空（一种鸽子）②，它们的能力很强。它们虽然形似鸟，但却能像人一样说话。有一只利莫空下了两个蛋，一只下在马约河的河口，一只下在马约河的上游。一段时间后，在河口的那个蛋里孵出一个男人，而河上游的那个蛋则孵出了一个女人。

男人独自在河岸边生活了很长时间，他感到非常孤独，时常希望能有个伴。有一天，他在过河的时候被绊住了腿，绊得很紧，差点淹死。他定睛一看，原来是根头发，于是他决定溯河而上，看看这根头发从哪儿来。

① 这则有关起源的故事与布基农人和巴戈博人的这类故事截然不同。其他的故事都受到外国的影响，而这个故事则具有非常典型的原始特征。

② 一种为曼达亚人预兆吉凶的鸟。人们将其视作神灵的使者。它通过叫声，警告人们有危险，或者预示他们会成功。如果鸟的咕咕声来自右边，那就是吉兆；但如果咕咕声从左边，或者前后传来，那么就是凶兆，这样曼达亚人就会改变计划。

他沿着河流一直往上走，留心观察河两岸，最后找到了这个女人，他很高兴自己终于有伴了。

他们结了婚，生了许多孩子，他们就是至今仍生活在马约河畔的曼达亚人。

太阳和月亮

（曼达亚人）

太阳和月亮结婚了，但是太阳的相貌十分丑陋，而且生性暴躁。一天，月亮惹他生气了，他就开始追着月亮跑。月亮跑得非常快，将他甩在了后面。后来她跑得有些累了，差点被太阳抓住。太阳数次几乎就要抓住她了，可又立刻被她远远地甩在了后面。

他们的第一个孩子是一颗大星星，长得就跟人一样。有一次太阳对星星发脾气，将他切成许多小块，然后就像女人撒米一样，把他撒向了整个天空，自此以后，天空就有了很多星星。

太阳和月亮的另一个孩子是一只巨大的螃蟹①。他一直活着而且有超能力。他每一次睁开和闭上眼睛，天空中都会产生一道闪电。大部分时间，螃蟹都住在海底的一个大洞穴里。当他在洞穴里的时候，海水是高水位；

---

① 这只螃蟹叫作唐巴诺卡诺。

当他离开洞穴时，水就会灌满他的洞穴，于是大海的水位便低了下去。他的走动同样也会在海面上掀起波涛。

这只螃蟹和他的父亲一样脾气暴躁。有时候，他会对母亲月亮发脾气，甚至想吃了她①。地面上的人们都很喜欢月亮，当他们看到螃蟹靠近月亮时，就从家中跑出来，大声叫喊，敲锣打鼓，直到把螃蟹吓跑，月亮就这样得救了。

① 这就是我们所熟知的月食现象。人们广泛认为，月食的产生是因为有怪物要吃了月亮，于是用各种疯狂的方法将它吓跑。在巴拉望岛巴塔克和马来西亚的有些地区，以及蒙古、中国、暹罗和印度的神话故事里都有此类记载。甚至秘鲁也有类似的故事，人们认为邪恶神灵身化成野兽要吃掉月亮，于是为了吓跑它，他们又喊又叫，甚至打狗让它们叫，以此来吓跑野兽。

寡妇的儿子①

（苏巴农人）

　　在村子边上的一间小屋里住着一个寡妇和她唯一的儿子，他们在一起生活得很快乐。儿子对母亲很好，他们在山间空地上种植水稻，在树林里捉野猪，并以此为生。

　　一天晚上，他们储存的肉快吃完了，男孩对母亲说："妈妈，我明早要出去打野猪，我希望你能在天亮前帮我准备好饭。"

　　于是第二天，寡妇很早就起来煮饭了。天刚蒙蒙亮，男孩就带着他的长矛和猎狗出发了。

　　他赶了很远的路，来到了村外一片茂密的树林里。他一直往前走，留心观察着，却总也看不到猎物的一丝踪迹。烈日当空，他又累又热，于是在一块石头上坐下

---

　　① 这个故事最早是由爱默森·B.克里斯蒂记录的。

来休息。他拿出小铜盒①，想取出一个槟榔。他一边拿出槟榔和叶子，一边纳闷怎么今天如此不顺利。正当他陷入沉思的时候，忽然听到狗叫了起来。他赶紧把槟榔丢进嘴里，一跃而起追狗去了。

他走近一看，才发现是一头大野猪。野猪全身乌黑，只有四条腿是白色的。他举起长矛对准，可是还没射出去野猪就跑了。它不是沿着溪流跑，而是直冲山顶奔去。男孩穷追不舍，野猪一停下来，他就立刻瞄准它，但是还没等长矛射出去，野猪又跑了。

野猪停下了六次，可每次男孩刚一瞄准，它就又跑了。第七次，野猪在一块平坦的大石头上停了下来，这一次男孩终于成功将它猎杀。

他用藤条绑住野猪的四只蹄子，将它扛在肩上，准备回家去。这时，石头上有一扇门缓缓打开，一个人走了出来，令他大吃一惊。

"你为什么要杀我主人的猪？"这个人问道。

"我不知道这头猪有主人，"男孩说，"我就像往常一样在打猎，我的猎狗发现了这头猪，我抓住了它而已。"

"进来见一见我的主人。"这个人说。于是男孩跟着他走进石头，来到了一间大屋子。屋子的天花板和地板

---

① 铜盒分为三个部分：一个放石灰，一个放槟榔果，另外一个放槟榔叶。人们会把这三样东西合起来嚼着吃。

全都罩着一种特别的布料。这种布料由七种红黄相间的
条纹图案织成。主人穿着七种颜色的裤子①，他的上衣和
头巾也都有七种颜色。

　　主人下令端来槟榔，然后他们一起享用。接着他又
下令上酒，可酒罐子太大，只能放在屋子下面的地上，
可即便这样，罐口也还是比屋子的地板高出许多，于是
主人下令给男孩一张凳子，他坐上去刚好可以够到插在
酒罐里的芦苇秆。男孩喝了七杯酒，他们一边吃着米饭
和鱼，一边交谈着。

　　主人非但没有责怪男孩杀了他的猪，反而希望和男
孩结拜为兄弟。就这样，他们成了很好的朋友，男孩在
石头里待了七天。后来，男孩说妈妈肯定十分担心他，
他必须回到妈妈身边去。于是第二天一早，他就离开这
间神奇的屋子回家了。

　　刚开始他走得很快，但是当太阳逐渐升高，他却越
走越慢了，最后他在一块石头上坐下来休息。突然，他
抬头一看，前面出现了七个人，每个人都拿着一根长
矛、一个盾牌和一把剑。他们都穿着不同颜色的衣服，

---

　　① 苏巴农人借鉴了摩洛人的服饰，喜穿长裤和大衣。这则故事体现了摩洛
人对苏巴农人的深刻影响。马来人一直将"七"视作一个神秘数字，经常在占卜
和施展魔法的时候提及，"七"在神话传说中也反复出现。斯基特解释称，马来人
的每个神灵都拥有七个灵魂，足见其重要性。具体参见斯基特的《马来魔法》，第
50 页（Skeat, Walter William. *Malay Magic*. New York: The Macmilliam Company,
1900: 50）。

寡妇的儿子

眼睛的颜色和衣服的颜色相对应。为首的人穿着红色的衣服，他的眼睛也是红色的，他首先发话，问男孩要去哪里。男孩回答说他要回家，因为他的妈妈在找他，然后又补充道："现在轮到我问你们了，你们全副武装的是要去哪儿？"

"我们是武士，"为首的人回答说，"我们满世界跑，一看到活的东西就得杀掉。我们既然看见了你，就要杀了你。"

男孩被这奇怪的话给吓坏了，正要回答，这时他听到耳畔响起一个声音："他们要杀你，那就跟他们打。"他抬头一看，眼前出现了他留在家里的长矛、盾牌和剑。他知道这是神灵的指令，于是拿起武器战斗。他们激战了三天三夜，这七个人从未见过如此勇敢之人。到了第四天，七人中为首的人受伤死了。接着，剩下的六人一个接一个地倒下死了。

把他们都杀死后，男孩已经疯魔了。他不再想着回家，而是继续寻找并屠杀更多的人。

他四处游荡，来到一个巨人的家门前。他在外面大喊道："房子的主人在家吗？出来和我一决高下。"

这番话彻底激怒了巨人，他抄起盾牌和用整根树干做成的长矛，根本等不及沿着梯子一阶阶往下走，而是直接一跃而下，冲到门口。他四处张望，看到了男孩，大吼道："谁想打架？你吗？一只苍蝇而已！"

男孩并没有答话，拿起剑径直朝巨人冲去。他们大战三天三夜，直到巨人的腰部受伤，倒下了。

男孩一把火烧了巨人的房子，然后继续上路，寻找其他可屠杀的人。突然，他的耳畔又响起了曾经的那个声音："快回家吧，你不见了，你的母亲正伤心呢！"他一怒之下拿起剑向前冲去，尽管目之所及没有敌人。于是，那个和他说话的神灵让他沉睡一会儿。等他醒来时，怒气已经消散了。

此时神灵又出现了，他说："你杀死的那七个人是大石神派来杀你的，因为他看了你的手掌，知晓了你将来会娶那个他想娶的孤女。现在你打败了他们，你的敌人都死了，回家去吧。回家后，备好大量美酒，我会把你的敌人都复活，你们将会和平相处。"

于是，男孩回家了。他的母亲本以为他已经死了，看到他回来欣喜若狂，村民们都来欢迎他。他把经历都告诉了他们，村民们立刻去家里取酒，把一坛一坛的酒往寡妇家里搬，搬了整整一天。

那天晚上，他们举行了盛大的宴会，大石神、大石神的七个武士、那个友好的神灵以及巨人全都来了。寡妇的儿子娶了那个孤女，而大石神则娶了另一个美丽的女子。

第四章
摩洛人

引 言

大约公元1400年的时候，发生了一件事，这件事改变了菲律宾南部众多部落的信仰和风俗，使他们变成了一个强大而可怕的部落。

那个时候，阿拉伯商人和传教士开始在这些岛屿上立足，随之而来的是大批南迁的伊斯兰教信徒。在这批"新来者"中，一些人成为强大的统治者，他们把原本敌对的各方联合起来，使他们都归顺于伊斯兰教的统治。那些新信徒们沿袭了伊斯兰教的服饰和许多习俗，就此形成了一个新的部落——摩洛人部落。

因为"新来者"带来了武器，因此摩洛人变得十分大胆，为其他部落所敬畏。不久以后，他们就开始在海上长距离航行，天南海北地做生意，同时出其不意地攻击其他部落，掠夺战利品和奴隶。

在西班牙人来到菲律宾之前的那段时间里，摩洛人对其他民族来说是个梦魇，而这种情况一直持续到20世纪初。他们是横行南部海域的凶猛海盗，掠夺西班牙人与墨西哥之间的丰富贸易商品。为了抵御摩洛人，人们在一些要塞建起了石墙和瞭望塔，可港湾和小溪却依旧是这些人经常潜伏和偷袭的地方。

自从美国占领菲律宾以来，人们实际上摆脱了摩洛人对于海域的骚扰，但摩洛人在陆域依然制造麻烦。大部分摩洛人居住在苏禄群岛和棉兰老岛。他们的文明程度各不相同：有像海上"吉普赛人"一样，坐着粗糙凿制的独木舟经年累月在海上飘荡的族群，也有安居乐业，以打鱼和耕作为生，甚至以织布和制作金属器皿为生的族群。他们的村子靠近海岸、河岸或者内陆的湖畔。他们的主要食物来自海洋，因此房屋都建得很高，用柱子支在水边或者水面上。

从以下的这些故事中可以看出，摩洛人的民间故事明显受到阿拉伯和印度的影响。这两种文化已经通过众多岛屿渗透到了南部①。

---

① 没有哪个部落的民间故事比摩洛人的故事更古老，更加坚持信仰了。这些故事中提及的事件与菲律宾现存的异教部落的故事非常相似。最终我们找到了这些由伊斯兰教化的马来人记录下来的半史实性事件。这些马来人是以下故事讲述者的祖先。

棉兰老岛的神话①

很久以前，棉兰老岛还是一片汪洋大海，所有的低地都被淹没了，只能看到高山。那时，很多人都住在乡村。所有的山上都星星点点地布满了部落。年复一年，人口不断繁衍，人们和平相处，生活富足。突然，这片土地上出现了四个可怕的怪物，他们在很短的时间内把能找到的人类都吃掉了。

库瑞塔这个可怕的怪物长着许多手臂，水陆两栖，但是它最喜欢出现在长有藤树的山里。它把这片土地上所有有生命的东西都摧毁殆尽。第二个丑陋的怪物叫塔拉布索，它酷似人形，住在马图屯山。在那里，它吃掉了大量人类，留下了大片荒芜的土地。第三个怪物是一只名叫帕的巨鸟②。当它张开翅膀的时候，会把太阳都挡住，使地球一片漆黑。它下的蛋跟房子一样大。比塔山

① 这个故事最早是由 N. M. 萨立比记录的。
② 这一巨鸟无疑来源于印度文学。在印度文学中，巨大的神鸟至关重要。

是它的"据点"，只有那些躲在山洞里的人才能逃过一劫。第四个怪物也是一只可怕的鸟。它有七个脑袋，能同时看到多个方向。它的窝安在古拉山上，跟其他几个怪物一样，它所到之处也是生灵涂炭。

这些怪物给人们带来了巨大浩劫，后来这个消息传到了千里之外，所有人都为棉兰老岛的悲惨遭遇哀叹。

在海的另一边，太阳落下的地方有一个大城市，人口众多。当有关这场浩劫的消息传到这个遥远的城市时，国王英达帕特拉①的心中充满了悲悯之情。他把弟弟苏雷曼②叫来，恳请弟弟将棉兰老岛从怪物手中解救出来。

苏雷曼听了这个消息，也非常同情他们。

"我会去的，"他说着，热血沸腾，"我要为这片土地报仇。"

英达帕特拉国王为弟弟的勇气深感自豪，他给了弟弟一个指环和一把宝剑，以保佑他凯旋。然后他把一棵小树苗种在窗前，并对苏雷曼说：

"你走后，这棵树会告诉我你的命运。如果你安然无恙，这棵树就会存活；如果你死了，它也会死去。"

于是，苏雷曼就向棉兰老岛出发了。他既不步行，

---

① 此名字在马来群岛和苏门答腊岛的传说故事里十分常见。

② 他在马来群岛是一个伟大的历史人物，在当地神话传说中占有重要地位，或许就是《旧约》中的所罗门。

也不乘船，一番腾云驾雾之后，就落在了长满藤树的山上。他站在山顶，放眼望去，四周都是土地和村庄，却了无生机。他感到十分悲痛，大声喊道："唉，此地荒无人烟，实在是可怕可悲啊！"

苏雷曼一喊，瞬间地动山摇。突然，从地底钻出了那个可怕的怪物库瑞塔。它向苏雷曼扑过去，爪子嵌进了他的肉里。苏雷曼马上明白，这个怪物就是这片悲惨景象的始作俑者。他拔出剑来把库瑞塔砍成了碎块。

首战告捷，苏雷曼倍受鼓舞。他继续向马图屯山进发，那里的情况更糟糕。他站在高处望着周围一片荒凉的土地。这时，林子里传来了一阵动静。随着一声大吼，塔拉布索跳了出来。他们互相对望了一会儿，谁也不怕谁。接着塔拉布索威胁要把他吞了，苏雷曼则称要把这个怪兽杀死。这时怪物折断了一根大树枝，开始追打苏雷曼。苏雷曼并不示弱，进行反击。他们激战了很久，最后怪物体力不支倒在地上，苏雷曼用剑杀死了它。

苏雷曼的下一个目的地是比塔山。这里随处可见灾难留下的痕迹，尽管他经过了很多屋子，但却荒无人烟。他越往前走，心里越感悲怆。突然，四周陷入了一片黑暗，他吓了一跳，抬头望向天空，原来是一只巨鸟在他头顶张开了翅膀。他立刻先发制人，用剑砍断了它的翅膀，巨鸟倒在他的脚边死了。但是，巨鸟的翅膀却落在了苏雷曼身上，把他压死了。

此时，英达帕特拉国王正坐在窗边，他看见小树苗枯萎了。

"唉!"他恸哭起来，"我弟弟死了。"

尽管感到悲痛，但国王决心要为弟弟报仇雪恨。他佩戴上宝剑和腰带，就向棉兰老岛出发，去寻找他的弟弟。

他同样腾云驾雾地来到了长满藤树的大山。他环顾四周，惊叹于当地所遭受的灾难。他看到了库瑞塔的骨头，便知道弟弟来过这里并离开了。他继续前进，到了马图屯山。当他看到塔拉布索的骨头时，他知道这也是苏雷曼的战绩。

他继续向前寻找，来到了比塔山，看到了那只倒在地上的死鸟。他把砍断的那只翅膀举起来，看到了苏雷曼的尸骨，旁边还放着他的宝剑。英达帕特拉伤心欲绝，痛哭了许久。他抬起头来，看到了旁边有一小罐水。他知道这是天神送来的，于是把水洒到尸骨上。就这样，苏雷曼死而复生了。兄弟俩相拥而泣，满心欢喜地说了很久的话。苏雷曼说他没有死，只是睡着了，兄弟俩都很开心。

然后，苏雷曼回到遥远的家中。英达帕特拉则继续前行，到达古拉山并杀死了那只有七个脑袋的怪鸟。所有怪物都被杀死后，这片土地重新恢复了往日的祥和。英达帕特拉四处寻找是否还有活着的人。

一天，正当他在寻找的时候，他看见远处有一个美丽的女人。他匆忙跑过去，但那个女人却消失在一个地洞里。他感到既失望又疲惫，于是在一块岩石上坐下来休息。他环顾四周，发现他身边有一罐还没煮的米饭，米饭前放着一大堆柴火。他又振奋起来，开始做饭。煮饭的时候，他听到附近有人放声大笑，转过头去发现一个老妇人正看着他。他边吃饭边和她打招呼，于是老妇人走过来和他交谈。

老妇人告诉他，这里鲜有幸存的人，活着的人都躲到地洞里不敢出来。而她和她老伴则藏在一棵空心树里，他们也不敢出来，直到苏雷曼杀死了那只可怕的大鸟帕。

经不住英达帕特拉的再三恳求，老妇人带他来到那个洞穴。他和那里的酋长、酋长的家人和一些村民见了面。大家都聚集在这个陌生人周围，问他各种问题，因为他们刚刚得知怪物们已经死去。当他们知道英达帕特拉所做的事情后，感激不已。为了表示感谢，酋长把女儿嫁给了他，而她正是英达帕特拉在洞口看到的那个漂亮女子。

后来，人们纷纷从藏身之处走出来，回到了原来的家里。从此，人们过上了幸福祥和的生活。海水也退去了，人们也有了土地可以耕种。

班图甘的故事

在西班牙人占领棉兰老岛之前，里奥格兰德河谷住着一个十分强壮的人，名叫班图甘。他的父亲是地震和雷电的兄弟①。

棉兰老岛的苏丹②有一个漂亮的女儿，班图甘想要娶她为妻。但是苏丹的家在很远的地方，帮班图甘提亲的人要走一段艰险曲折的路。于是，所有的酋长一起开会商量应该派谁去。最后，他们一致决定派班图甘自己的儿子巴拉塔马去。巴拉塔马虽然很年轻，但却强壮勇敢。当带上父亲的武器时，他内心骄傲不已。一路上，他的勇气不止一次受到考验，但只要一想到勇敢的父亲，他心中就充满了前进的力量。

一天，他来到一处木栅栏围着的石头雕像前。因为栅栏正好挡住了去路，他就拔出剑将其砍断了。天空立

---

① 据说这个半史实性人物的父亲和地震、雷电是兄弟，由此我们可以看到神话和历史事件的有趣结合。

② 在马来人中，苏丹是一个地区的最高首领，其次是拿督。

刻陷入了黑暗，房子般大小的石块如雨般落下。巴拉塔马痛得大叫起来，他马上用父亲的盾牌保护自己，同时一边祈祷，将故乡的风召唤来，把乌云吹散，天空再次变得明朗。

巴拉塔马在路上遇到了一条大蛇[①]，蛇问他要去干什么。得知他的去向后，蛇说："你不能再往前一步。我负责守护这条路，没有人能从此处通过。"

巨蛇想上来抓他，而他只把剑轻轻一挥，这条蛇就被劈成了两半。他将一半扔进了海里，另一半扔到了山里。

很多天以后，这个疲倦的孩子达到了一块高耸的岩石前，岩石在太阳的照耀下熠熠生辉。从岩石顶端往下看，他看到了要去的那座城市。那是一个有着十个港口的美丽地方。在所有的房子中，一座水晶做的房子和另外一座纯金做的房子特别引人注目。他看着眼前的景象，备受鼓舞，继续前进。虽然看起来离这座城市不远了，但他走了好久才来到城门下。

见面后，巴拉塔马就向苏丹表明来意。苏丹对他的朝臣说："我的朋友们，你们来决定我是否应该把女儿嫁给班图甘。"

---

① 与廷吉安人的传说一样，在摩洛人的传说中，主人公能与动物交谈，并寻求自然力量的帮助。

朝臣们缓缓地摇着头，反对这个提议。

第一位大臣说："我看班图甘没有办法娶走苏丹的女儿，因为他需要带来的第一件礼物就是一个纯金打制的男人或者女人。"

"好的，"巴拉塔马说，"我就是来听听看你们有什么要求，以及是否会应允此事。"

第二个大臣说："他要买个大院子，地板由金子铺成，而且要有三英尺厚。"

"这些都能做到。"男孩回答说。

公主的姐姐说："礼物要和我们城里小草的叶片一样多。"

"这我也可以答应你。"巴拉塔马说。

"他得造一座横跨大河的石桥。"一个人说。

另一个人又说："他得造一艘石船，而且他得把苏丹树林里的椰子树的果实和叶子全都变成金子。"

"这些都没问题，"巴拉塔马说，"我的叔叔们会把所有的礼物都带来，而那尊金像，我会亲自带来。但是首先我得到我父亲的村子里去取它。"

他们听到这里，认为自己被这个男孩给耍了，非常生气。他们提出，除非巴拉塔马当场把金像拿出来，否则他们就要杀了他。

"如果我现在就把金像给你们，马上就会有可怕的狂风骤雨，世界将陷入黑暗。"巴拉塔马说。

　　然而，他们并不相信，只是哈哈大笑，坚持要他拿出雕像。于是巴拉塔马将手伸进头盔里，取出了雕像。

　　大地立刻开始震动起来，狂风暴雨骤降，房子一样大的石块如雨点般落下。苏丹赶忙叫巴拉塔马收回金像，不然所有人将无一幸免于难。

　　"你们不相信我说的话，"男孩说，"现在我要让风暴持续。"

　　苏丹只好苦苦哀求他，并同意把女儿嫁给班图甘，不需要其他礼物，只要这座金像就可以了。于是，巴拉塔马将金像收回自己的头盔，天空马上恢复了平静。苏丹和朝臣们这才如释重负。接下来，巴拉塔马准备启程回家，并承诺班图甘会在三个月内到达并举行婚礼。

　　回家的路途一切顺利。但当他到达那座栅栏围着的石人雕像处时，却被迫滞留了四个月。

　　这时，一位西班牙的将军听说班图甘将要迎娶苏丹的女儿，而这个女人是他原本打算迎娶的妻子。他登上大战船，准备远征，后面跟着一万艘其他船只。他们来到苏丹的城市。由于他们人数众多，港口都要停满了，人们都吓坏了。

　　接着，将军的弟弟上岸来到苏丹家里。他要求苏丹将公主许配给将军，还威胁说要是苏丹拒绝的话，战舰会摧毁整座城市。苏丹和他的朝臣们害怕极了，只好答应将女儿许配给将军，并约定下一个月圆之日就是他们的大婚之日。

与此同时，班图甘也在为他的婚礼做准备。可是日子一天天过去，而巴拉塔马却一直没有回来，他们很担心，以为男孩已经死了。三个月之后，班图甘出征去寻找儿子，巨大的战船上插着金子做的旗帜。

快到苏丹的城市时，他们看到了港口里停泊着的西班牙战船。班图甘的一个弟弟建议他等西班牙人离开后再进去，于是他们就抛锚了。但是其他人都为不能继续前行而感到失望。一个人说："我们为什么不往前走？就算小草的叶子都变成西班牙人，我们也不怕。"另一个人说："我们怕什么呢？就算炮弹像雨点一样落下，我们也将奋战到底。"后来有几个人想回家了，班图甘说："不行，我们得找到我儿子。我们就算得进有西班牙人停靠的港里去，也义无反顾。让我们继续前进吧！"就这样，在他的命令下船又起锚了，他们开进了西班牙舰队停靠的海港。

此时西班牙将军和他的弟弟正跟苏丹在一起，他们打算去看看公主。将军的弟弟一边和公主的姐姐说话，一边走到了窗边，他看到班图甘的船正开进海港。他看不出这些船挂的是什么旗，于是叫来苏丹询问，可苏丹也不知道。于是将军就派弟弟去把他们年迈的父亲带来，看他是否知道。为免于受伤，他们的父亲一直待在一间黑暗的小房子里。

苏丹对将军的弟弟说："如果他年纪太大了，什么也看不到，说不出，也不能走路，那你就挠挠他的肋骨，这样他会再次变得年轻。还有，我的兄弟，你自己去把他领过来，以免这些奴隶把他摔了，伤到他。"

于是将军的弟弟就将老人带来了，老人看着那些船只，看到上面挂的旗帜是班图甘的父亲的，那是他年轻时的好友。老人说，他和班图甘的父亲在很多年前有过一个约定，双方的子孙应该互相通婚，现在既然苏丹已经将他的女儿许给了两个人，在他看来一场大战在所难免。

苏丹对将军说："现在有两个人想娶我女儿。你回到你的船上去，跟班图甘打上一战，胜利者将会得到我的女儿。"

于是，西班牙人向班图甘开炮，他们大战了三天三夜，整片土地烟雾缭绕，彼此都看不到对方。然后西班牙将军说："我看不到班图甘和他的舰队了，公主是我的了！"

但是苏丹说："我们得等到烟雾都散尽，确保班图甘跑了之后才能确定。"

当烟雾散尽，一目了然，班图甘的舰队毫发未损。苏丹说："很显然，班图甘赢了，他的舰队毫发未损而你的却受到了重创。你输了。"

"不，"将军说，"我们要在陆地上再战一场。"

于是，他们把军队和大炮都移到陆地上，一场大战揭开序幕，很快地上就尸横遍野。苏丹要求他们停战，因为城里的妇女和小孩死伤无数，但是将军说："如果你要把女儿嫁给班图甘，我们将一直战斗到死。"

于是苏丹派人去请班图甘，并对他说："我们得欺骗西班牙人好让他走。我告诉他你们谁也不能娶我的女儿，等他走后，你和我的女儿就举行婚礼。"

班图甘同意了，他让人带话给西班牙人，要求停战，因为许多妇女和儿童都惨遭连累。于是，西班牙人和班图甘商定谁也不娶公主。他们都回家去了。

但是，班图甘很快折返并娶了公主。在回家的路上，他们找到了班图甘的儿子，于是把他也带上一起回家。西班牙将军沿着回家的路线行驶了一个星期后，也决定返回，打算用武力掠夺公主。当他得知公主已被班图甘带走后，怒不可遏。他摧毁了苏丹的城市，屠杀了所有人。然后，他开始远征，他要彻底摧毁班图甘。

一天早上，班图甘向外看，看到了里奥格兰德河口布满了西班牙人的船只，数量之多，将四周的地平线都遮住了。他的心一沉，知道这次他将在劫难逃。

虽然他不抱打胜仗的希望，但还是把酋长们都叫来，对他们说："我的兄弟们，这些基督教的忠实信徒要来摧毁我们的土地了。我们不可能成功地抵抗他们，但我们要为自己的家而战。"

于是，他们又准备了一艘巨大的战船，所有的士兵都整装待发。班图甘站在船头，率领着一众士兵驶向敌人，勇敢地迎接他们的命运。

战斗进行得迅猛且激烈，但是不久班图甘的大战船就进水了，开始下沉，它沉没的时候，把上百艘西班牙船只也一起拉下了水。然后奇怪的事情发生了。在班图甘的战船沉没的地方，从海里升起了一座很大的岛屿。今天，你依然可以站在里奥格兰德河口看到它。岛上遍布着邦戈棕榈树。班图甘和他的士兵们就生活在大山深处。每一艘从那里经过的摩洛人船只都要接受班图甘的哨兵检查，一旦船上载有班图甘仰慕的女子，哨兵们就会把她夺走，带到山林深处。因此，摩洛妇女都不敢靠近长满邦戈棕榈的岛屿。

班图甘的妻子看到丈夫牺牲了，战船也被摧毁了，于是把剩下的士兵召集起来，决定为他报仇。激战了几个小时后，她的船也沉没了，在她沉没的地方升起了另一座山，名叫提马戈。

公主仍然生活在这个森林密布的小岛上，白色的猴子是她的侍从。每当四周很安静的时候，站在高高的山坡上，总能听到公主的侍女在吟唱。

第五章
基督教化的部落

引　言

　　西班牙人在 16 世纪发现了菲律宾群岛。那时候一些岛屿的海岸沿线部落已经与中国、暹罗和南部的岛屿有了贸易往来，并或多或少地受到了这些贸易的影响。

　　在西班牙人的统治下，除了摩洛人，其他沿海居民全都开始信奉基督教，并效仿西班牙人的穿着，同时也保留了一些自己的方言和习俗。后来，这些沿海居民不再互相攻击，并在文明方面取得了巨大进步。而那些住在山里的部落则依然与世隔绝，保留着他们古老的风俗和信仰。

　　基督教化的部落的民间故事融合了古老的观念和外来的影响。这些外来影响都是通过与外面的世界接触而产生的。

猴子和海龟

（伊洛卡诺人）

一天，一只猴子正沿着河岸走，看上去非常悲伤。这时它遇到了一只海龟。

"你好吗?"海龟看它很悲伤，于是问道。

猴子回答说："哦，我的朋友，我太饿了。农夫先生的南瓜被其他猴子全拿走了，我快饿死了。"

"别难过，"海龟说，"拿上大刀随我来，我们去偷些香蕉树。"

于是，它们就一起上路了。它们发现了几株香蕉树，便整株挖了出来，然后想找个地方种。猴子爬上了一棵树，并把偷来的香蕉树种在那里。海龟不会爬树，所以它就在地上挖了个洞把自己的树种在那里。

种完了以后，它们就离开了，计划着丰收后要做的事情。猴子说："我的树如果结了香蕉，我就把它们卖了，可以得到好多钱。"

海龟说："我的树要是结了香蕉，我就卖了它，用赚来的钱去买三瓦拉①的布，换掉这身破裂的龟壳。"

　　几个星期后，它们回来查看香蕉树的生长情况。它们发现猴子的香蕉树已经死了，因为它的根在树上，没有在土壤里，但是海龟的那棵树却长得很高而且结出香蕉了。

　　"我要爬上去，这样我们就可以摘到果子。"猴子说。它爬上树，把可怜的海龟孤零零地留在地上。

　　"请给我一些香蕉吃！"海龟喊道。但是猴子只扔给海龟一个还未成熟的绿香蕉，自己把所有成熟的香蕉都吃光了。

　　猴子吃完了所有的成熟香蕉，就在树上伸了个懒腰，睡起觉来。海龟看到这一幕，生气极了，想着该怎么惩罚这个小偷。海龟心生一计，收集了几根尖竹子，把它们围着香蕉树插了一圈，然后大声喊道："鳄鱼来啦！鳄鱼来啦！"

　　猴子听到后惊慌失措，从树上掉了下来，落在尖利的竹子上，死了。

　　然后海龟把死去的猴子切成小块，撒上盐，再放在太阳底下晒干。第二天，它跑到山里，把肉卖给了其他的猴子，猴子们欣喜地用南瓜跟他交换。

---

　　① 菲律宾、西班牙、葡萄牙等国家的长度单位，一瓦拉约合九至十米。——译者注

海龟走的时候冲猴子们喊道："一群懒虫，你们自己吃自己，自己吃自己的肉。"

于是猴子们跑过去，将它抓住然后带回了家。

"用斧子砍了它，"一只老猴子说，"把它剁成小块。"

但是海龟哈哈大笑着说："正合我意，我已经被斧子砍过很多刀了。你们没看到我壳上的伤疤吗？"

另一只老猴子说："把它丢进水里。"

这时，海龟号啕大哭起来，恳求猴子们放它一条生路。但是猴子们不予理睬，直接将它扔进了水里。海龟沉到了水底，但很快就又浮出水面，还顺带抓了一只龙虾。猴子们大吃一惊，请求海龟告诉它们是如何抓到龙虾的。

"我将一根绳子绑在腰上，"海龟说，"并在绳子的另一端绑上石头，这样我就能沉下去了。"

于是，猴子们立刻照海龟说的，将绳子绑在身上。一切准备就绪后，它们集体跳进了水里，再也没有上来。

所以，直到今天猴子都不喜欢吃肉，因为它们记住了这个古老故事中的教训①。

---

① 伊洛卡诺人讲述的这则故事在菲律宾的基督教化部落和原始部落中，以及在婆罗洲和爪哇都非常常见。但是，伊洛卡诺人的故事是目前所知唯一一个解释了猴子不吃肉原因的版本。人们普遍认为海龟十分聪明狡猾。这也是一个以弱胜强，以聪明胜愚蠢的例子。参见本书故事《海龟与蜥蜴》。

可怜的渔夫和他的妻子

（伊洛卡诺人）

很久以前，一个可怜的老渔夫和他的妻子，还有三个儿子一起生活在海边的一个村子里。有一天，老渔夫到离家不远的地方去撒网捕鱼。晚上他去查看的时候，发现抓到了一条白色的大鱼。老人从未见过这样的鱼，非常震惊。他突然想起来他是镇上的神父。

他飞快地跑回家，对妻子大喊道："老伴儿，我抓住了神父。"

"什么？"他的妻子看到丈夫的样子吓了一跳。

"我把神父抓住了。"老人重复了一遍。

两人迅速跑到河边，妻子看了网里的鱼，大叫道："天哪，这不是神父，这是总督。"

"不，他就是神父。"老人坚持说。他们回家的时候吓得瑟瑟发抖。

那天晚上，夫妻二人都想着这件可怕的事情，辗转反侧，难以入睡，不知道该怎么办才好。第二天是镇上的节日。凌晨四点，大炮轰鸣，教堂也响起了嘹亮的钟声。夫妻俩听到这些响声，不知原委，还以为是人们发现了他们的罪行，要来抓他们了。于是他们连忙跑到林子里藏了起来。他们一直不停地走，不到万不得已绝不停下休息。

第二天早晨，他们来到了皮拉附近的一处森林，那里也在举行节日庆典。教堂司事敲响了大钟，召唤人们来做弥撒。夫妻二人一听到钟声就以为此处的人也知道了他们在逃窜，正在追捕他们，于是连忙转身回家了。

他们到家的时候，看到三个儿子正牵着一匹马回家。他们把马绑在卡拉梅树的树干上。这时钟声再次响了起来，因为现在是正午十二点钟。没顾得上想是什么时辰，夫妻二人又吓得跑出来。他们一看到马立刻就骑了上去，想在被人抓住之前骑着马逃到隔壁镇上去。他们试图快马加鞭，却在匆忙中忘了解开绑在树上的绳子。马用力一拉，树上的果子纷纷掉落在他们身上。他们以为自己被枪炮射中，双双被吓死了①。

---

① 这则故事中发生的所有时间都象征着是现今发生的事，而这个故事显然是单纯为了取乐而编造出来的。

长犄角的镇长

（伊洛卡诺人）

以前，有一位镇长①对他的人民很不公。有一天，他十分生气，希望头上长出犄角，这样他就可以震慑到自己的子民。他一许下这个愿望，头上就立刻长出两个角来。

他派人去找来一位理发师为他理发。理发过程中，镇长问他："你有没有在我的头上发现什么？"

"我什么也没看到。"理发师说。虽然他清清楚楚地看到了两个角，但却不敢说出来。

镇长伸手一摸自己的头顶，摸到了角。于是，他再次问理发师。这一次理发师告诉他，他的头上长了两个角。

"你要是把这事告诉别人，你就会被绞死。"理发师起身离开的时候，镇长警告他。理发师一听，吓得魂飞

---

① 镇子的首领。

魄散。

理发师回到家，害怕极了，不敢将这事告诉任何人。可他越是去想保守这个秘密，就越想和别人倾诉。这种欲望太强烈了，他知道自己控制不了，于是跑到竹林里，在一棵竹子下挖了个洞，这个洞大到他可以钻进去。把洞挖好后，他爬了进去，在里面小声地说镇长头上长了两个角，说完又爬了出来，把洞填上，回家了。

不久，有人去集市的时候路过这片竹林，听到里面传来一个声音，那个声音说镇长头上长了两个角，听到的人惊呆了。这些人立刻跑到集市上把这个消息告诉其他人，那些人也跑到竹林里听这个奇怪的声音。一传十，十传百，这个消息很快就传遍了整个镇子。其他的官员们听到这个消息后，也跑到竹林里去听。他们听到声音后，纷纷跑到镇长家里。但是镇长的妻子却说镇长病了，不能见他们。

这时候，镇长的两个犄角已经有一英尺长了。他羞愧难当，要妻子告诉人们他无法说话了。当官员们第二天再来的时候，妻子就这么跟他们说。但是官员们说他们必须见到镇长，因为他们听说他长了两个角，如果事情属实的话，他将失去做镇长的资格。

镇长的妻子拒绝让他们进去，于是他们就破门而入，看到镇长头上的确长了两个角，所以他们就把他

杀了。因为，官员们说，这样的镇长和一个动物差
不多①。

---

① 这显然是经典的西班牙故事——迈达斯故事的翻版。这则故事很好地
展现了源自西班牙的故事是如何融入菲律宾文化的。但是因为菲律宾人不认识
驴，所以把迈达斯头上长的驴耳朵换成了犄角(也可能是水牛角)，随处可见的竹
子也代替了原来故事中的芦苇。

猴子的故事

（伊洛卡诺人）

有一天，一只猴子在树林里爬树，尾巴不小心扎进了一根刺。它用尽各种办法都无法将刺挑出来，只好跑到镇上找理发师。

它对理发师说："理发师朋友，我的尾巴上扎进了一根刺。帮我把它拔出来，必有重谢。"

理发师试着用剃刀把刺挑出来，可是不小心将猴子的尾巴尖给切掉了。猴子勃然大怒，大喊道："理发师，理发师，还我尾巴，否则就用你的剃刀来补偿！"

理发师无法把切下来的尾巴接回去，只好把剃刀给了猴子。

回家的路上，猴子遇到了一位老妇人，她正在砍柴准备生火用。猴子对她说："奶奶，奶奶，这柴太硬了。用这把剃刀吧，会容易很多。"

老妇人听了很高兴，就开始用剃刀砍柴，可没用多久剃刀就断了。猴子大叫道："奶奶，奶奶，你弄断了我的剃刀！你得赔我一把新的，否则你所有的柴火都得归我。"

老妇人没有办法，只好把柴火都给它。

猴子拿上柴火，转身又朝镇上走去，打算把它们卖掉。这时，它看到一个老妇人坐在路边做蛋糕。

"奶奶，奶奶，"它说，"你的柴都快用完了，用我的柴吧，多做些蛋糕。"

女人接过柴火，并表示感谢。可是当她用完最后一根柴火时，猴子大叫道："奶奶，奶奶，你烧光了我的柴火！现在你得把所有蛋糕都给我做赔偿。"

老妇人一时无法砍那么多的柴火还给猴子，只好把所有的蛋糕都给了它。

猴子拿了蛋糕往镇上走去，但在半道上遇到了一条狗，狗把它咬死了，还吃光了所有的蛋糕。

白南瓜

（伊洛卡诺人）

一个大院子前有一个极小的竹屋，里面住着一个男人和他的妻子。他们心地善良，对所有人都很好。但是他们并不快乐，因为许多年来，他们日日祈盼，希望能有孩子，却始终无法实现。现在他们年纪大了，觉得自己肯定要孤独终老了。

这对夫妇在院子里种了一棵漂亮的白南瓜，因为藤蔓终年可结果实，因此他们从不缺食物。然而有一天，他们发现摘过南瓜的地方没有再长出新的南瓜，这是这么多年来他们第一次没有南瓜吃。

从那以后，他们日日仔细检查藤蔓。虽然大朵的黄花开了又谢，藤上却再也没有结出南瓜。在漫长等待后的一天早上，妇人高兴地大叫起来，因为她发现了一个小南瓜。查看一番后，他们决定让它继续生长直至成熟，这样就能有播种的种子了。他们焦急地等着它长大，它也长成了一个漂亮的白南瓜，但他们实在太饿了，无法再等下去，于是决定把它吃掉。

他们拿起一把大刀，将南瓜从藤上摘下来。但是瓜还没剖开，就听到里面传来一个声音："小心些，不要弄伤我。"

夫妇二人以为说话的是个神灵，于是连忙停下了动作。但是，这个声音又开始恳求他们将南瓜切开。于是，他们小心翼翼地把它打开了，发现里面是一个漂亮的小男孩①。小男孩自己站了起来，并且已经会说话了，夫妇二人高兴极了。

女人马上拿起罐子去泉边取水，取完水回来后，就在地上铺上垫子，开始给男孩洗澡。奇怪的是，从男孩身上滴落的水珠立刻变成了金子。等洗完了澡，垫子上也铺满了金子。原本喜获孩子就足以令夫妇二人别无所求了，现在还有了金子，他们就更高兴了。

第二天早上，女人给男孩又洗了一次澡，水珠又变成了金子。他们现在有足够的钱盖一座大房子了。第三天早上，她又去取水给男孩洗澡，但是男孩却伤心地飞走了。同时那些金子也消失不见了，夫妇二人又恢复了以前孤独而贫穷的生活。

---

① 马来人故事中孩子诞生的方式往往很神奇。孩子常常诞生于植物里，最常见的植物是竹子。

创世纪

（他加禄人）

世界最初形成的时候并没有陆地，只有大海和天空。海天之间有一只鸢①。有一天，这只鸟飞累了，却找不到地方休息。它搅动海水，搅得波涛翻滚，甚至翻到了天上。天空为了压制海水，抛下很多很多的岛屿，直到海水无法再上下掀动，只能来回翻涌。然后，天空命令鸢到一个岛屿上筑巢，让大海和天空恢复宁静。

这时陆地上的微风和大海上的微风结婚了，它们的孩子是一根竹子。有一天，竹子在水上漂流，鸢在岸上站着。竹子不小心撞到了鸢的脚，鸢心想居然有东西敢撞它，生气极了，就去啄竹子。它啄了一下，一个男人从一节竹子里蹦出来；又啄一下，一个女人从另一节竹子里蹦出来。

接着地震召集了所有的鸟和鱼，一起商量要怎么处

---

① 一种像鹰一样的鸟。

理这两个人。大家最后决定，这两个人应该结婚。结婚以后，这对夫妇生了许多孩子，然后又繁衍形成了不同的种族。

不久以后，夫妇二人对这群无所事事的孩子感到厌烦了，希望将他们赶走，但却不知道把他们赶到哪里去。日子渐渐过去，孩子越来越多，这对夫妇更是不得安宁。有一天，父亲在绝望之中拿起棍子，四处追着打孩子们。

孩子们吓坏了，四处逃窜，在家里寻找可以藏身的房间。有些藏在墙里，有些跑到了外面，有些藏在壁炉里，有些逃到了海里。

那些藏在房间里的孩子后来成了岛屿的酋长；那些藏在墙里的孩子后来成了奴隶；那些跑到外面去的孩子成了自由的人；那些藏在壁炉里的人则成了黑人；而那些逃到海里的人消失了许多年，当他们的孩子回来时则变成了白人。

贝尼托的故事

（他加禄人）

贝尼托是家中独子。他和父母一起住在一个小村子里，家境贫寒。贝尼托渐渐长大，看到家中困窘的生活，总是希望有朝一日能帮父母的忙。

一天晚上，一家人在吃着十分寒碜的晚餐，父亲说起在稍远的美丽宫殿中，住着一位年轻的国王。贝尼托对此十分感兴趣。那天晚上，万籁俱寂，屋子里一片漆黑，贝尼托躺在垫子上辗转反侧，无法入睡，脑子里不断出现那位年轻的国王。他希望自己是国王，这样他和父母就可以在漂亮的宫殿里过上幸福的生活了。

第二天早上起床时，他有了个新点子。他要去找国王，请他给自己一份工作，这样他也许能帮助到父母。他的父母起先并不同意，觉得路途遥远，而且他们担心国王没那么好心，但最后还是同意了，于是男孩就动身了。经过漫长的旅程，男孩终于到达王宫，却不被允许见国王。但男孩的诚意最终让他成功成为王宫里的一名仆人。

这对于只在小村庄生活过的贝尼托来说是个新奇的

世界。工作很繁重，但是一想到可以帮助爸爸妈妈减轻负担，他就感到很快乐。

有一天国王召唤他，吩咐他说："我希望你把住在大海那边的一位美丽公主给我带来。立即去，要是失败了，你会受到严厉的惩罚。"

男孩的心一沉，不知道怎么办才好。但是他勇敢地答应道："我会按您吩咐的做，国王。"说完他离开了国王的寝宫。他决定至少尝试一下这任务，于是立刻收拾东西准备出发。

一切准备就绪，贝尼托出发了。没走多远，他就到了一片茂密的森林。那里有一只大鸟，被绳子紧紧绑住了。

"哦，我的朋友，"大鸟哀求道，"请帮我解开绳子。作为报答，无论何时你需要帮忙，我都随叫随到。"

贝尼托很快就把绳子解开了。鸟飞走的时候告诉他，它的名字叫作食雀鹰。

贝尼托继续赶路，来到了海边。他想要渡海，却无计可施，只好停下来望着海面出神，他想起了国王对他的威胁。突然，他看到鱼王游了过来。鱼王问他："你为什么这么忧伤？"

"我想去海对岸寻找美丽的公主。"男孩说。

"好吧，骑到我背上，"鱼王说，"我背你过去。"

于是，贝尼托骑在鱼背上，被鱼王送到了对岸。

不久，他遇到了一个陌生女人，她问他在找什么。当听完他的来意后，女人说："公主被关在一座城堡里，由巨人看守。带上这把宝剑，它能立刻杀死它碰到的任何东西。"说完后她把武器给了他。

贝尼托万分感谢这个女人，信心百倍地继续赶路。他来到城堡，发现城堡周围有许多巨人看守。巨人们一看到他就要来捉他，但是他们见他只是个小男孩，就没有带武器。当他们靠近贝尼托时，贝尼托用宝剑碰了碰这些巨人，他们就一个接一个地倒下了。其他的人惊恐万状，四处逃窜，城堡无人看守。于是，贝尼托走进去，把他的使命告诉了公主，公主很高兴可以逃离囚笼，便立刻跟他出发去见国王。

到了岸边，鱼王正在等他们，他们顺利地过了海，然后经过那片茂密的树林，到达王宫。他们受到了热烈的欢迎。

过了不久，国王请求公主嫁给他，公主回答说："好的，国王，但前提是你得把我渡海时丢的那枚戒指找回来。"

国王立刻想到了贝尼托，于是派人把他找来，命令他马上去找遗失的戒指。

这对男孩来说似乎是不可能完成的任务，但是，他急于服从主人，马上就出发了。他在海边停下来，望着茫茫的大海发呆。他的朋友鱼王又向他游过来，这让他高兴万分。鱼王听了小男孩的烦恼之后说："我看看能否帮助你。"它将所有的臣民都召集起来，却发现少了一条鱼。它派其他鱼去找这条丢失的鱼。鱼儿们在一块石头下面发现了它，它饱得游不动了。那些大鱼就用尾巴勾着它，把它拉到了鱼王跟前。

"为什么你听到召唤却没有来？"鱼王问。

"我吃得太饱了游不动。"可怜的鱼回答道。

鱼王很疑惑，它命令其他鱼把这条鱼剖开，在这条鱼的肚子里发现了那枚遗失的戒指。贝尼托欣喜若狂，向鱼王表达了感谢之情，就急忙地带着宝贵的戒指回到王宫。

国王很高兴，把戒指拿给公主，说："现在我找到你的戒指了，你可以嫁给我了吗？"

"我愿意做你的妻子，"公主说，"但是你得把我和贝尼托一起走过树林的时候遗失的那副耳环找回来。"

国王又派人叫来贝尼托，命令他找到那副耳环。男孩已经厌倦了长途旅行，但是他仍然二话不说又立刻出发了。他在树林里仔仔细细地寻找，却一无所获。最后，它感到又累又沮丧，于是坐在一棵树下休息。

突然他面前出现了一只巨大的老鼠，他惊讶地发现它竟然是鼠王。

"你为什么如此悲伤？"鼠王问他。

"因为我找不到公主和我一起经过这里时遗失的那副耳环了。"男孩回答说。

"我来帮你。"鼠王说。说完，它把所有的臣民都召集起来。

当它们聚集在一起的时候，鼠王发现有一只小老鼠没来。鼠王派其他老鼠去找它。它们在竹子下的一个小洞里发现了它。它解释说自己吃得太饱了动不了，恳求其他老鼠放过它。但是，其他老鼠还是把它拉来见鼠王。鼠王发现这只老鼠的肚子里有个硬硬的东西，于是下令把它剖开，果然在里面找到了那副遗失的耳环。

贝尼托立刻忘却了疲劳，向鼠王致谢后，就急忙带着战利品回到王宫。国王焦急地拿过耳环，把它呈献给公主，又一次要求她做他的妻子。

"哦，我的国王，"公主回答说，"我还有一个要求。只要实现这个要求，我将永远做你的妻子。"

国王相信现在有贝尼托的帮助，便没有办不成的事情，于是问她的要求是什么，她回答说："给我取一些天上的水和地底下的水，从此我就别无所求了。"

国王又把贝尼托叫来，把这个最难的任务交给他。

男孩走出去，却不知道该往哪个方向去。他一路冥思苦想，不知不觉拖着沉重的脚步来到了树林里。突然他想起了那只答应过要帮他忙的鸟，于是他就呼唤道："食雀鹰！"随着翅膀扇动的沙沙声，巨鸟俯冲下来。贝尼托将自己的烦恼告诉它，它说："我去给你取水。"

接着贝尼托用竹子做了两个很轻的杯子，将它们绑在鸟腿上，然后鸟就飞走了。男孩一整天都在树林里等着，夜幕降临的时候，大鸟终于带着满满的两杯水回来了。它告诉贝尼托，右腿的杯子里装的是来自天上的水，左腿的杯子里装的是来自地底下的水。男孩解下杯子，向鸟表达了感谢。他发现这趟旅途对鸟来说太累了，它快死了。男孩伤心极了，等这位会飞的朋友咽了气，他小心地埋葬了它，这才急急忙忙带着宝贵的水赶到王宫。

公主见自己的愿望都实现了，就要求国王将天上的水洒在她身上。国王照做后，惊讶地看着她变成了他见过的最漂亮的女人。

国王自己也渴望变得英俊，于是恳求她将另一个杯子里的水洒在他身上。公主按照他说的做了。但是，他立即变成了一只可怕丑陋的怪物，这只怪物马上跑得不见了踪影。公主把贝尼托叫来，对他说，由于他对主人如此忠心，而且对她这么好，她决定选他作为自己的丈夫。

他们举行了盛大的结婚典礼，并且成为这块广袤而富饶的土地上的国王和王后。在这个欢乐时刻，贝尼托并没有忘记他的父母。他把国土上最好的一块土地给了他们，从此以后他们一起过着幸福的生活①。

① 毫无疑问，这是一个加工过的故事，也许来自欧洲。在西班牙人到来之前，"国王""王后""王宫"等事物，对这里的人来说是完全陌生的。

胡安的冒险

（他加禄人）

胡安总是闯祸。他很懒，而且总是莽莽撞撞的。每次他试着做一件事，最后总是把事情弄得更糟糕，还不如不做。

家人都对他感到十分厌烦，他一做错事，他们就责备打骂他。他的妈妈对他已经失去了信心。有一天，妈妈给他一把长刀，让他到树林里去砍些柴火回来。她心想砍柴火这件事他至少会做吧。胡安一边慢悠悠地走着，一边琢磨着偷懒的法子。他找到了一棵看上去很容易砍的树，于是他取出长刀准备开始工作。

结果，这棵树刚好是一棵有魔法的树，它对胡安说："如果你不砍我，我就送你一只山羊，它只要一动胡须，就会有银子掉下来。"

胡安非常高兴，因为他很想看看这只山羊长什么样，而且他不用砍柴了。胡安立即同意了，话音刚落，一只山羊从裂开的树皮里走了出来。胡安命令它抖胡子，果然就有银子掉下来。他高兴极了，立马带着这只山羊回家，想让妈妈看看他的宝贝。

半道上，他遇到了一个很狡猾的朋友。朋友听说了宝贝山羊的故事后，决定把山羊偷走。他知道胡安喜欢喝图巴①，就劝他去喝，等胡安喝醉后，他就用一只普通山羊替换了这只神奇山羊。当胡安醒了之后，他立刻牵着山羊回家，告诉人们那棵魔法树的故事，并命令山羊抖胡子，但这一次却没有银子落下来。全家人都认为胡安又在搞恶作剧，于是将这个可怜的孩子打骂了一顿。

胡安来找这棵树，威胁要砍掉它，因为它欺骗了他。树说："不，请不要砍我。我会给你一张网，你只要把它铺在地上，甚至铺在树顶上，它就会给你带来许多鱼。"

于是，胡安放过了树，带着渔网回家了。但是，他在路上又遇到了上次那个狡猾的朋友。朋友又邀请胡安喝图巴。等胡安喝醉了之后，他的朋友故技重施，用一张普通的渔网替换了那张有魔法的渔网。于是，等胡安回到家中，试图向家里人展示时，他又一次成了被嘲笑的对象。

胡安再次来到魔法树跟前，这一次他下定决心，无论如何都要把树砍掉。但是，树给了他一个魔法罐和几

———————

①一种由椰子发酵制成的酒。

把魔法勺子。魔法罐里总是装满米饭，而魔法勺子能变出各种他想吃的食物。于是，胡安又放弃了砍树的念头，兴冲冲地往家走。但是在路上他又遇到了那个朋友，结局又是惊人的相似。而他的家人，对他的恶作剧已经感到厌烦了，他们又将他暴打了一顿。

胡安气急败坏地第四次来到树前，正要砍下去时，树又一次转移了他的注意力。经过一番讨价还价之后，他同意接受一根木棍作为交换。他只需要说"布姆白，布姆巴"，木棍就会打他想要打的人。

他在路上又碰到了那个朋友，朋友问他这次有什么宝贝，胡安回答说："哦，只是一根棍子罢了。但是如果我说'布姆白，布姆巴'，它就会把你打死。"

棍子一听到魔咒，立刻从他手里跳了出来，开始抽打他的朋友。他的朋友疼得大叫："哦，住手，我把所有从你那里偷来的东西都还给你。"胡安命令棍子停下来，然后他就让这个人把山羊、渔网、罐子和勺子都送到他家里。

胡安命令山羊抖胡子，山羊就开始抖起了胡子，银子不停落下来，直到他妈妈和哥哥搬不动为止。他们吃魔法罐里的米饭和勺子里的菜肴，吃到肚子撑。这一次胡安没有挨骂。

等他们都吃完之后，胡安说："你们一直打骂我，现在却开心地接受着我的好东西。我要给你们瞧瞧另外一

样东西——'布姆白，布姆巴'。"话音刚落，棍子立刻
跳出来把他们打得个个苦苦求饶，他们答应从今以后让
胡安做一家之主。

从那以后，胡安就变得有钱有势，但他的棍子从不
离身。一天晚上，有强盗到他家抢东西，要不是他念了
"布姆白，布姆巴"的咒语，把所有的强盗都杀死，那么
他的财物早就被抢走，他自己也被杀死了。

不久之后，他娶了一位美丽的公主。因为这棵好心
的魔法树，他们一直过着幸福美满的生活①。

---

① 这个故事和《格林童话》中《桌子、驴和棍子》的故事惊人的相似。

胡安摘番石榴

（他加禄人）

有一天，邻居要来胡安家做客，胡安的爸爸让胡安去摘一些成熟的番石榴来招待客人。

胡安来到番石榴树前，他决定不给父亲的客人们享用番石榴，而是和他们开个玩笑。于是他把能摘到的番石榴都吃光了。附近有一个马蜂窝，他费了好大劲才取下来，把它装进了他带来装水果的密封篮子里。他急忙跑回家，把篮子交给父亲，然后就离开房间，关上门并上了锁。

胡安的父亲刚打开篮子，马蜂就飞满了整个房间。客人们发现门被锁上了，就争先恐后地想从窗户跳出去。过了一会儿，胡安打开门，他看到所有人的脸都肿得像包子似的，他大叫起来："番石榴是有多好吃啊，看你们都吃得这么胖！"

太阳和月亮①

（比萨扬人）

很久以前，太阳和月亮结了婚，生了很多星星。太阳很喜欢他的孩子，但是他太烫了，每一次想拥抱孩子们，就会把他们烧起来。月亮为此十分生气，禁止太阳跟孩子们接触。为此，太阳十分伤心。

一天，月亮到泉边去洗东西。临走时她告诉太阳，她不在的时候千万别碰孩子们。然而，等她回来的时候，发现太阳并没有听她的话，有几个孩子已经消失不见了。

她非常生气，抄起一根香蕉树干就打太阳。太阳也不示弱，朝她的脸上扔沙子。如今，你仍然能够看到月亮脸上的黑斑点。

---

① 比萨扬人的这个故事反映了当地人的古老信仰，但其中掺杂着欧洲思想。比萨扬人仍然坚持着许多古老的信仰，这并不是因为他们自己弄明白了这些道理，而是因为他们的祖先相信了这些东西，然后将类似的故事传给了他们。

然后，太阳开始追赶她，他们就这么一直你追我赶的。有时他离得很近好像快要抓住她了，但是她逃脱了，不久她又跑在了他的前面①。

---

① 一个古老的带解释意义的故事，跟其他岛屿上的故事有一些不同之处。

第一只猴子

（比萨扬人）

很多年前，在一片森林覆盖的山脚下坐落着一个小镇，小镇上方的山坡上有一间小房子，里面住着一位老妇人和她的孙子。

老妇人十分勤劳，她靠给棉花除籽为生。她的身边总是放着一个篮子，里面装着棉花和她用来做纺锤的长棍子。可孙子却十分懒惰，从不帮奶奶干活，每天都到镇上去赌博。

有一天，男孩把所有的钱都输光了。他回到家，发现晚饭还没做好，十分恼火。

"我忙着把棉籽从这些棉花里取出来，"奶奶说，"等我卖了它，我就去买吃的。"

男孩听到这里勃然大怒，抓起椰子壳就朝奶奶扔过去。奶奶也生气了，用纺锤打他。突然，男孩变成了一只非常丑陋的动物，棉花变成了他身上的毛发，棍子则变成了他的尾巴。

第一只猴子

男孩发现自己变成了一只丑陋的动物后，就跑到城里，用尾巴鞭打他的那些赌徒同伴，他们立刻变成了跟男孩一样的怪物。

之后，镇上的人们不愿再看到他们，就将他们赶了出去。他们来到树林里，生活在树上，人们把他们叫作猴子①。

———————————

① 本书有更久远的故事版本，解释了猴子从何而来。见本书故事《孩子们是如何变成猴子的》。

椰子的美德

（比萨扬人）

有一天，一个人带着他的吹箭筒①和狗去森林里打猎。当他穿过茂密树林时，无意中发现了地上有一棵幼小的椰子树。

他是第一次看到这种树。树看上去很特别，于是他停下来仔细端详了一番。

他没走多远，注意力又被树上吵闹的鸟叫声所吸引，他用吹箭筒将鸟射了下来。没过一会儿，他碰到一只猴子在树上对着他做鬼脸，于是他瞄准它，也将它打死了。

接着，他听到他的狗在远处的树丛里疯狂地叫，连忙跑了过去，发现它正在咬一头野猪。经过一番搏斗后，他成功杀死了野猪。他对今天的收获十分满意，背

---

① 吹箭筒是马来人的武器，在菲律宾得到了广泛使用。在一些原始部落中，人们会在里面放有毒的箭，但在基督教化的部落中，人们只使用小泥丸。

上捕获的三只猎物回到了小树那里。

"我打算把你也一起带回家，小树，"他说，"因为我喜欢你，而且你可能对我有些用处。"

他小心翼翼地将小树挖出来，出发回家了，但是他还没走多远，就发现叶子开始枯萎了，他不知所措，因为他没有带水。最后，他绝望地割开鸟的喉咙，将血洒在了小树上。他刚洒下去，小树就恢复了生机。他继续前行。

又走了一会儿，叶子再次开始枯萎。这一次他用猴子的血液使它重获生机。然后他急匆匆地继续赶路，但是叶子又一次枯萎了，他只好停下来用野猪的血液使它恢复。这是他最后一只动物了，因此他拼命赶路，希望在小树枯萎前赶回家里。可是，在他到家之前，椰子树又开始枯萎了。他只好把它种在土里，奇怪的是，一种到土里，它立刻就活了过来，还长成了一棵参天大树。

这个猎人是第一个从椰子树里酿造出图巴这种饮品的人，他和他的朋友尝试着饮用，结果他们非常喜爱这种饮品。猎人对他的朋友说："椰子树就像是那三只为了救它而献出了血液的动物一样。一个喝了三四杯图巴的人，就像是我用吹箭筒射杀的那只鸟一样吵闹。一个喝了更多图巴的人，就像那只猴子一样愚蠢；而一个喝醉了的人，就像那只泥潭里的野猪一样沉睡过去。"

太阳、月亮与星星：菲律宾民间故事

曼苏曼迪格

（比萨扬人）

有一天，一个人对他的妻子说："老婆，我们越来越穷了。我得去做生意，赚些钱回来。"

"这是个好主意，"妻子回答说，"你有多少本钱？"

"我有二十五分①，"这个人回答说，"我要去买些大米，然后带到矿区去卖，我听说大米在那里能卖个好价钱。"

于是，他用二十五分钱买了半卡义②人米，扛着它来到了矿区。他告诉那里的人们，他有大米可卖，人们都急切地问他卖多少钱。

"怎么了，你们忘了大米的价格了吗？"这个人说，"卖二十五分。"

他们立刻买了他的大米。这个人高兴极了，因为他

---

① 一种西班牙货币。

② 一种计量单位，约等于60.33千克。——译者注

不用再扛着大米了。他把钱放在腰带里，问他们是否还想再买。

"是的，"他们说，"你有多少我们买多少。"

男人回到家，他妻子问他生意什么样。

"哦，老婆，"他回答说，"生意非常好。我都还没从肩上卸下米，他们就纷纷来买了。"

"嗯，很好，"他的妻子说，"我们会变得很有钱的。"

第二天一早，男人又和前一天一样买了半卡文大米带到矿区。矿区的人问他卖多少钱时，他说：

"和昨天一样——二十五分。"他接过钱就回家了。

"今天生意怎么样？"妻子问他。

"嗯，跟昨天一样，"他说，"我都还没从肩上卸下米，他们就纷纷来买了。"

就这样，他做了一年生意，每天都买半卡文的大米，然后以相同的价钱卖出去。有一天，妻子说他们应该核算一下收入。她在地板上铺了一块垫子，坐在垫子一侧，让丈夫坐在垫子的另一侧。妻子让丈夫拿出一年来赚的钱，丈夫问："什么钱？"

"把你赚到的钱给我，"他的妻子回答说，"这样我们就可以看看你赚了多少。"

"哦，在这里。"男人说着，把二十五分从腰带里掏出来递给她。

"这就是你一年赚到的钱吗？"他的妻子愤怒地大声

叫道，"你不是说大米在矿区能卖好价钱吗？"

"都在这里了。"他回答说。

"你买大米花了多少钱？"

"二十五分。"

"你多少钱卖出去的？"

"二十五分。"

"天哪，老公啊，"妻子大吼道，"如果你用买来的价钱卖出去，那你还赚什么呢？"

男人把头靠着墙，陷入了沉思。从那以后人们就叫他"曼苏曼迪格"，专指那些身体后仰思考的人。

妻子接着说："把二十五分给我，我来赚钱。"于是他把钱递给她，她说："你到地里去，那里有人在收割大麻。你去帮我买二十五分的大麻回来，我要用它织布。"

曼苏曼迪格抱着大麻回来了。她把大麻摊开在太阳下晒，晒干以后将其缠成一根长线，架在织布机上织。她夜以继日地织布，一共织了八瓦拉的布。然后，她以一瓦拉十二分的价格卖了出去，用赚来的钱买了更多大麻，继续织布、卖布。她的手艺精良，大家都争相买她的布。

到了年尾，她又在地板上铺了一块垫子，自己坐在垫子的一侧，让丈夫坐在另一侧。她把钱全都倒在垫子上。她把二十五分的本钱拨到一边，数了数剩下的钱，一共有三百比索①。曼苏曼迪格想到自己一分钱也没赚，羞愧极了，就把头靠在墙上思考。过了一会儿，妻子心疼他，给了他一些钱让他去买水牛。

他买了十头水牛，用它们来耕地。通过种庄稼，他们的余生过得很富足。

---

① 菲律宾和拉丁美洲一些国家的货币单位。——译者注

狗为什么摇尾巴

（比萨扬人）

　　镇上有一位富人曾经养过一条狗和一只猫，它们对这位富人非常有用。狗侍奉富人多年，已经十分年迈，没有牙齿，也无力再打架了。但是，对既强壮又狡猾的猫来说，狗是一个出色的向导和同伴。

　　这位富人有一个女儿在离家稍远的修道院读书。他常常让狗和猫给女儿送礼物。

　　一天他把这两个忠诚的动物叫来，让它们给女儿送一个有魔力的戒指。

　　"你强壮勇敢，"他对猫说，"你来拿着戒指，但是千万小心，可不要掉了。"

　　接着，他又对狗说："你必须陪着猫，给它带路，不让它受伤害。"

　　它们都承诺将竭尽全力完成任务，然后就出发了。一切都很顺利，直到它们来到一条河边。河上既没有桥也没有船，除了游泳根本没法过河。

　　"让我来拿那枚戒指。"狗一边说着，一边打算跳到水里去。

"哦，不行，"猫回答说，"主人要我来保管戒指。"

"但是你不怎么会游泳，"狗争辩说，"我很强壮，会保管好它的。"

可猫就是拒绝交出戒指，最后狗威胁要杀了它，它才不情愿地把戒指给了狗。

河面很宽，水流很急，它们游得筋疲力尽。快要游到对岸的时候，狗弄丢了戒指。它们仔细寻找了一番，却怎么也找不到。过了一会儿，它们打算回家去，把这个不幸的消息告诉主人。快到家的时候，狗害怕极了，掉头就跑，再也没有回来。

猫独自回到了家中，主人看到她回来时，就大声问它为什么回来得这么早，狗又去哪儿了。可怜的猫吓坏了，它尽量向主人解释戒指是怎么丢的，以及狗是如何逃跑的。

听完了来龙去脉，主人十分生气，他命令所有人都出去找这条狗。他要狠狠地惩罚它，割掉它的尾巴。

他还命令世上所有的狗都加入搜索队伍。从那以后，一条狗遇到另一条狗的时候，都会问对方："你是那条弄丢了魔法戒指的老狗吗？如果是，那你的尾巴就会被割掉。"于是每一条狗都会立刻露出牙齿，摇起尾巴，以此证明自己不是那条狗。

从此以后，猫也变得十分怕水。如果可以的话，猫们尽量不再下水。

老鹰和母鸡

（比萨扬人）

有一天，一只老鹰在空中盘旋，他决定和一只他经常看到的母鸡结婚。他俯冲下来，四处寻找那只母鸡。找到之后，他问她是否愿意成为他的妻子。母鸡立刻答应了，但是提出说得等她长出和老鹰同样的翅膀来，这样她才能飞得跟他一样高。老鹰答应了，给了她一颗戒指作为订婚礼物，并叮嘱她要好好保管，然后就飞走了。

母鸡自豪极了，将戒指戴在脖子上。第二天她遇到了公鸡。公鸡震惊地看着她说："你的戒指是从哪儿来的？你忘了你答应过要做我的妻子吗？你不能再戴别人的戒指。把它扔了。"

于是母鸡把美丽的戒指扔了。

过了不久，老鹰从天上下来了，他带了美丽的羽毛给母鸡装扮。母鸡看到他来了，吓得跑到门后躲了起来。老鹰叫她出来看看给她带来的美丽羽毛。

母鸡走了出来，老鹰立刻发现戒指不见了。

"我给你的戒指呢?"他问,"你为什么不戴?"

母鸡十分害怕,羞于把真相告诉他,于是回答说:"哦,先生,昨天我在花园里散步的时候,遇到了一条大蛇,我吓得飞快地跑回家。然后戒指就不见了,我找遍了所有的地方也找不到它。"

老鹰用犀利的目光看着母鸡,他知道她在撒谎,于是对她说:"我不敢相信你会这么做。只要你找回戒指,我就会下来和你结婚的。但是因为你背弃承诺,作为惩罚,你必须一直在地上扒土找戒指。而你的后代一旦被我发现,我就会将其抓走。"

然后他就飞走了。从此以后,世界上所有的母鸡都在扒地寻找老鹰的戒指。

蜘蛛和苍蝇

（比萨扬人）

蜘蛛先生想娶苍蝇小姐为妻。他数次向她表白，请她答应他的求婚，但她总是拒绝，因为苍蝇小姐并不喜欢他。

有一天，苍蝇小姐看到蜘蛛先生又来了，就立刻关紧门窗，并烧开了一锅水。她等待着，当蜘蛛先生敲门要求她开门放他进去时，她将一锅滚烫的热水泼向了蜘蛛。蜘蛛先生暴跳如雷，大叫道："我绝对不会原谅你，我和我的子孙后代都会一直鄙视你，让你永无安宁。"

蜘蛛先生兑现了他的诺言，直到今天我们还能看到蜘蛛对苍蝇的仇恨。

螃蟹的战争

（比萨扬人）

有一天，地上的螃蟹开了个会，其中一只螃蟹说："我们该拿海浪怎么办？他们一直唱得这么大声，吵得我们根本睡不着觉。"

"嗯，"其中一只年老的螃蟹回答道，"我想我们应该向他们宣战。"

其他螃蟹都同意这么做，他们决定第二天就去迎战海浪。他们按照约定向海洋进发时，遇到了一只龙虾。

"你们要去哪儿呀，我的朋友们？"龙虾问。

"我们要去跟海浪战斗，"螃蟹说，"他们晚上吵得我们无法入睡。"

"我认为你们这一战会输，"龙虾说，"海浪十分强大，而你们的腿却那么细，你们走路的时候身子都几乎要弯到地上了。"龙虾说完哈哈大笑。

这一番言论让螃蟹们十分生气。他们对龙虾又掐又捏，直到龙虾答应帮他们打赢这场战争。

　　他们一起到了岸边。但是，螃蟹注意到龙虾的眼睛长得和他们的眼睛不一样。他们觉得龙虾的眼睛肯定长错了，于是嘲笑他说："龙虾朋友，你眼睛的方向错啦。你用什么武器跟海浪打呢？"

　　"我的武器是头上的一对长矛。"龙虾回答说。这时，他看到一个巨大的海浪正要打过来，连忙跑开了。可是螃蟹的眼睛都看着岸边，没有看到奔腾而来的海浪，因此他们都被水淹死了。

　　螃蟹的妻子们见丈夫始终没有回来，渐渐不安了起来。她们来到岸边，看是否能帮上忙。她们一到岸边，刚好一个巨浪打来，将她们也全都淹死了。

　　日子渐渐过去了，成千上万的小螃蟹出现在岸边。龙虾经常跑来讲述他们可怜的父母的故事。直至今日，人们也可以在岸边看到这些小螃蟹在不停地跑来跑去。他们看上去好像要冲上去跟海浪搏斗一样，但很快他们就害怕了，于是又跑回到他们父辈生长的地方。他们既不跟其祖先一样生活在陆地上，也不像其他螃蟹一样生活在海里，而是生活在海滩上。当涨潮时，海浪会打在他们身上，试图将他们击得粉碎。

图书在版编目（CIP）数据

太阳、月亮与星星：菲律宾民间故事 / 郭国良主编；李茜选译. — 杭州：浙江大学出版社，2020.8
（丝路夜谭）
ISBN 978-7-308-20356-2

Ⅰ. ①太… Ⅱ. ①郭… ②李… Ⅲ. ①民间故事-作品集-菲律宾 Ⅳ. ①I341.73

中国版本图书馆CIP数据核字（2020）第119217号

太阳、月亮与星星：菲律宾民间故事

郭国良　主编

李　茜　选译

出 品 人	褚超孚
总 编 辑	袁亚春
策　 划	张　琛　包灵灵
责任编辑	包灵灵
文字编辑	徐　旸
责任校对	吴水燕
封面设计	周　灵
出版发行	浙江大学出版社
	（杭州市天目山路148号　邮政编码310007）
	（网址：http://www.zjupress.com）
排　 版	杭州兴邦电子印务有限公司
印　 刷	浙江省邮电印刷股份有限公司
开　 本	889mm×1194mm　1/32
印　 张	7
字　 数	123千
版 印 次	2020年8月第1版　2020年8月第1次印刷
书　 号	ISBN 978-7-308-20356-2
定　 价	28.00元